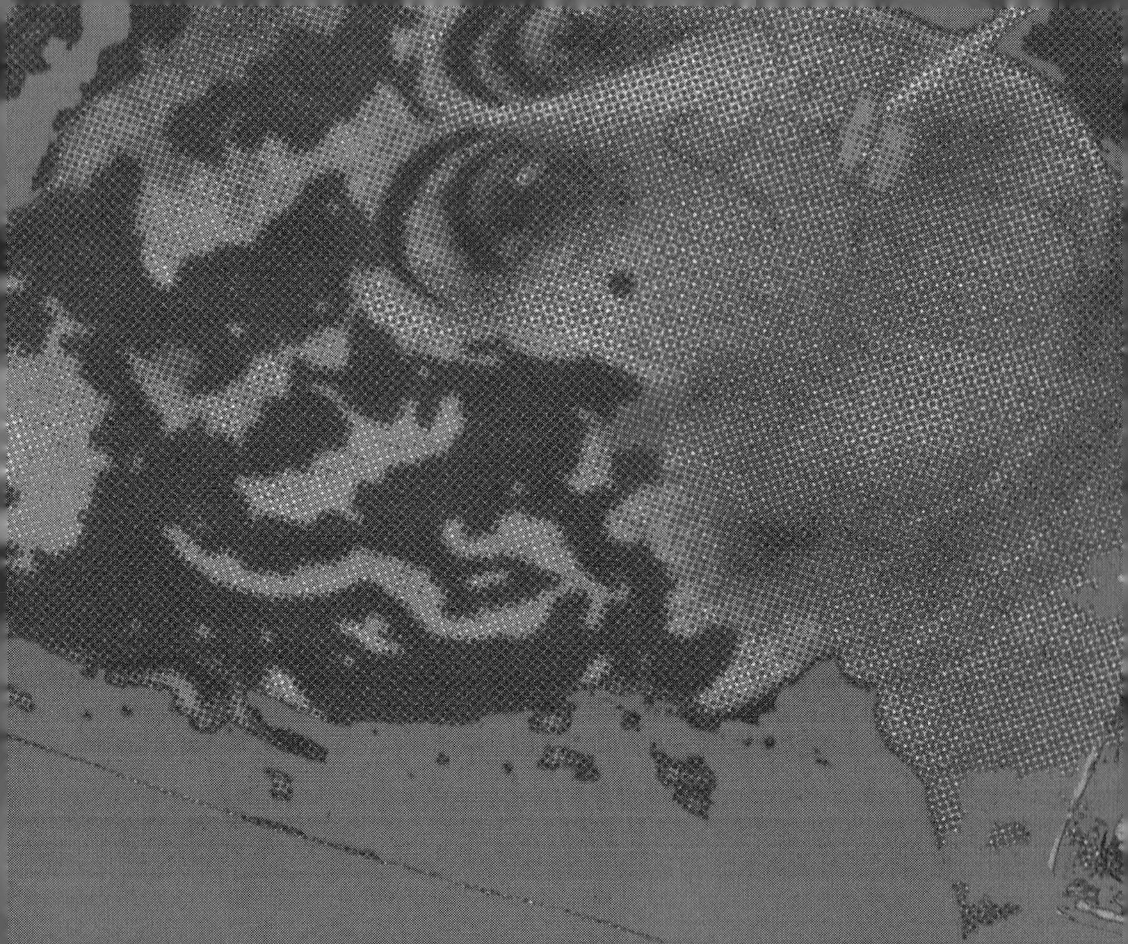

YURI PIRES

BURUÇU

KOTTER EDITORIAL

Coordenador Editorial
Sálvio Nienkötter

Editor Executivo
Claudecir de Oliveira Rocha

Editores Adjuntos
Daniel Osiecki / João Lucas Dusi

Capa
Jussara Salazar com colagem a partir de Otto Dix

Projeto Gráfico
Andre Luiz C. Mendes

Produção
Cristiane Luiza Nienkötter

Dados Internacionais de Catalogação na Publicação (CIP)
Angélica Ilacqua – CRB-8/7057

Pires, Yuri
Buruçu / Yuri Pires. — Curitiba : Kotter Editorial, 2023.
176 p.

ISBN 978-65-5361-243-3

1. Ficção brasileira I. Título

23-4017 CDD B869.3

Kotter Editorial **1ª Edição | 2023**
Rua das Cerejeiras, 194
82700- 510 | Curitiba/PR
+55 41 3585-5161 | www.kotter.com.br | contato@kotter.com.br

A Matheus e a Paula, pelos raios deste Sol lilás

O que é, o que é que carrego comigo?
Meu melhor companheiro e pior inimigo.
Livro das adivinhas

SUMÁRIO

O QUIPROCÓ

Luz.

Entrou por uma porta e saiu pela outra dizendo *quem quiser que se foda* e acendeu um charo se jogando no sofá. Quarenta e cinco minutos clicando nos mesmos quatro botões do controle remoto apenas para passar de um canal para outro, rápido, sem nem entender direito o que acontecia em cada um deles. Um filme, um programa de reportagens especiais, um pastor anunciando o fim do mundo, um palhaço vestido de vermelho e amarelo cantando *gostoso é dançar com ronald mc donald* e anunciando comida de plástico, uma mulher besuntada em óleo sendo currada, num bate-estaca frenético, por um cara enorme e todo duro, suado e arfante. De repente, um outro comercial e *meu deus* ele pensando *é a joana prado* enquanto uma loira de biquíni branco e máscara semitransparente cobrindo o rosto e deixando apenas os olhos de fora sorri dizendo *modelar e relaxar a sua musculatura não é feitiçaria é tecnologia* e, caralho, meu, ele apertando os olhos para a tevê e dizendo *é muita gente é muito canal não há a menor classe mais nenhuma tentativa de originalidade para além dessa merda toda que está aí com essa roupagem desde a ditadura cara é foda não tem ninguém de vanguarda um hans donner uns thunderbird pra explodir essa merda toda que empor-*

calha tudo por aí até o infinito e só não dá mais para continuar a ladainha porque ele se joga para trás e cobre o rosto com as mãos. Até o infinito e horrível, eu sei. Seja um comercial, um filme ou uma pregação, são as mesmas sete histórias de sempre com suas mesmas vinte e uma variações possíveis e suas trinta e cinco funções viáveis idênticas e seus quarenta e nove personagens característicos. Ninguém aguenta mais esse biscoito duro de quebrar os dentes da massa e todo mundo tem, pelo menos, uma televisão em casa. Todos os quartos de hotel do país também. Um convite a não sair nos arredores das grandes cidades brasileiras, que quanto mais veem crescer o exército do povo de Deus e das pessoas de bem, mais e mais se parecem com a Babilônia.

Uma punhetinha é sempre mais convidativa do que uma noite zanzando por ruas desconhecidas sem garantia alguma de esquentar a cama com mais do que a sua própria modorrência chapada e/ou alcoolizada, não é, Heitor Nichilo?

Qual é a de hoje, cerveja, maconha ou *Zolpidem*?

Um dia será possível escolher qual programa vai passar, que nem *Você decide*, mas a gente não vai escolher só o final da história, mas a história toda, pensou Heitor Nichilo. Sem essa de canal e grade de programação, eu assisto um filme na sala e Teresa assiste àqueles documentários no quarto ao mesmo tempo, ambos escolhidos naquele exato momento. Para depois resmungar em casal, e não há nada que una mais um casal do que reclamar junto sobre não ter o que assistir, como aquela gente enfastiada de tudo que têm *closets* abarrotados de roupas e não têm o que vestir no aniversário daquele primo que aos quarenta e um anos ainda usa boné para trás e frequenta calouradas dizendo *o mulheril hoje tá on fire meu*

É que roupas, filmes e comida de plástico não podem preencher as faltas que há dentro de uma pessoa.

Peço desculpas pelo juízo moralista dos parágrafos anteriores, mas hoje, quando volto ao começo do milênio para contar esta história da qual quase todos já se esqueceram, os tempos estão para isso; e quando os tempos estão para isso é impossível fugir.

Ninguém foge.

Como sou ninguém, já o diria minha mãe, eu também não fujo e, às vezes, paciência, cometo um juízo moral, quando não teço um compêndio ético, como se estivesse no século dezenove ou no *Twitter*.

Desconsidere, não importa.

O que importa é que a cabeça de Heitor Nichilo ia daqui pracolá prali, daqui prali pracolá e, se enfiando sabe-se lá por quais becos de seu juízo, após ter pensado muito e com muita séria prudência sobre os descaminhos tomados pela sua vida até ali, conduziu a sua mão para que pousasse o charo no cinzeiro dizendo *eu tô velho pra caralho*

A fumaça se desvanecia lentamente diante dos seus olhos, enquanto ele prendia uma parte dela na garganta e ouvia baixinho o rádio ligado no volume um, quase num sussurro, cantando *a solidão é fera a solidão devora é amiga das horas primirmã do tempo* e, sentindo a emanação se concentrar na sua testa, pressentiu o mundo perdendo a gravidade como se o seu corpo, aos poucos, se transformasse naquele boneco *Michelin* do tamanho do mundo, tipo aquele filme dos caça-fantasmas.

Velho para quê, Heitor?

Velho pra vida, ele diz, como se pudesse me ouvir.

Não pode, ninguém pode.

Não isso que chamam de vida, ele continua pensando. Não se esfolar a semana inteira pra espremer tudo o que eu gosto de fazer num dia, metade do sábado, metade do domingo, e às vezes nem isso, porque a semana é tão desagradável e exaustiva que a gente entra e sai do final de semana debaixo das cobertas, sem coragem nem de levantar para cuspir, ou a gente se atira a um frenesi *kamikaze* num vórtice de drogas, sexo insosso ou nem isso e qualquer música da qual ninguém se lembrará daqui a dez anos.

Dez anos? Isso não existe mais, Heitor Nichilo. Quem porra pensa em daqui a dez anos? Só quando alguma moça jovem, enfiada num terninho asséptico que grita erre-agá, pergunta carinhosamente, numa entrevista que pode definir se você terá ou não dinheiro pra comer no final do mês: onde você imagina estar daqui a cinco anos? Aí a pessoa, pensando *quero estar fora desta merda em que estou* diz apenas: pretendo ter um futuro profissional consolidado.

Ou qualquer outra baboseira do tipo.

Futuro profissional consolidado num mundo que se desfaz, a olhos vistos, numa porosidade social na qual te exigem ser capaz e estar disposto a fazer literalmente qualquer coisa para ter o direito de respirar e só?

Risadinha deprimente.

Não, velho pra vida de verdade, velho pra vida com vê maiúsculo. Vê de vontade!

Não que eu saiba dizer com precisão a que se referia ele, então, ao dizer vida. Se não era aquela que ele vivia, qual seria? O próprio Heitor Nichilo também não sabia dizer com precisão a que se referia ao pronunciar estas quatro letras que riem como uma hiena: vida.

Ninguém sabe e não sei se alguém quer mesmo saber.

Quando os sonhos são audazes, vida é onde tudo é *nunca experimentei quero o céu agora* mas, quando os sonhos são covardes, vida é onde tudo é *pelo amor de deus eu não quero mais nada além de paz e sossego ou pelo menos que não fique pior do que isto*

E por que danado ele disse que estava velho para a vida, então, se ele não sabe o que é a vida?

Velho para a vida, Heitor, é quando a pessoa já não sente mais gosto de nada e abre mão das ilusões que nos empurram para frente, ainda que seja para a frente de um trem a noventa quilômetros por hora. Não quer mais conhecer lugares novos, cumpre sempre a mesma rotina, se mantém sóbrio e pacífico à base de drogas lícitas e/ou ilícitas e anda por aí dizendo *eu já passei dessa fase mano e não quero guerra com ninguém*

Aí é velho para a vida! Velho pra caralho pra qualquer coisa que não seja respirar, ingerir, cagar e expelir.

Agora, levanta desse sofá e vai, pelo menos, sentir o cheiro dessa cidade, ver a rua, olhar na cara das pessoas e ver como são diferentes destas aí que brilham nestes cristais líquidos e lâmpadas fluorescentes a que chamamos de tevê.

Há duas semanas você está aí e ainda não teve a coragem e a decência de sair do hotel para qualquer lugar que não esteja ligado ao seu trabalho, a não ser quando, praticamente, arrastado por Tio Chico.

Essa gente aí que perambula pela cidade fala, sabia?

Anda fedendo, inclusive. Você fede adocicadamente a sofá e gala seca que exala desta nódoa nesta cueca velha!

Eu converso com Heitor Nichilo como um meu amigo conversa com a tevê gritando *burro* a um jogador que comete uma burrice num jogo de futebol ou pergunta apreensivo *tu não tá vendo que por aí é o caminho da morte* para uma atriz que cumpre apenas o seu dever profissional de seguir o roteiro do filme, morrendo para dar prosseguimento à narrativa.

É, a arte imitando a vida.

Mas Heitor Nichilo não me ouve.

Enredado em tantos pensamentos, não ouviria nem se eu pudesse falar.

Sentindo soprar a diâmbica brisa em seus interiores mares, Heitor Nichilo não consegue ouvir ninguém nem escolher um canal qualquer que sirva de trilha sonora para os seus muxoxos.

Havia o velho rádio e ele tocava agora cantando *ainda ontem pela praia alguma coisa me lembrou você* e Heitor Nichilo ouvia o rádio com a testa apoiada na mão direita como, ou assim dizem os jovens que, os gregos faziam.

Velho pra caralho.

A única coisa que detém o caminho do seu dedo até o botão por alguns segundos é ver um enorme *King Kong* pixado com os dizeres *you can run but you can't hide* e ele, então, estreita os olhos pensando *foi esse filme maldito que me trouxe a consciência de estar velho pra caralho*

A marola bateu forte e Heitor Nichilo ouviu a voz de Johnny Depp em eco dizendo *too weird to live to rare to die* ecoando o radinho que agora berrava um verso de Belchior cantando *muito jovem pra morrer e velho pro rock and roll*

Seu espírito vagou pela coincidência daquelas palavras, naquele exato momento, quase de modo tão perfeito quanto o efeito *dark side of the rainbown*, que consiste na sincronia quase perfeita entre o álbum *Dark side of the moon (1973)*, dos Pink Floyd, e o filme *O mágico de Oz (1939)*, e foi pousar num dia comum do ano de mil novecentos e setenta quando ele e seu amigo Tio Chico faziam planos de largar a escola, comprar uma kombi velha e sair pelas estradas do Brasil cantando *breakfast where the news is read television children fed bullet strikes the helmet's head and it's all over* e não era devaneio algum, era mesmo uma certeza de que, uma hora ou outra, ele e Tio Chico, seu chegado desde que eram moleques, meteriam o pé no mundo com uma maletinha de drogas e um chapeuzinho de pescador, que algumas bocas menos afeitas a formalidades chamam cata-ovo, numa loucura andarilha sem lenço e sem documento cantando *hardcore* em inglês para revelar ao povo brasileiro a sua condição miserável.

Tio Chico era um garotão quando os dois se conheceram, na segunda série do ensino fundamental. Ou quase foi um valentão, uma vez que sua carreira foi por água abaixo quando levou uma surra de Rita na quarta série. Nunca mais recuperou a confiança. Por isso, Chico seria o doutor Gonzo, claro. Heitor Nichilo se imaginava como Duke, mais franzino, mais maluco e mais bonito, apesar da careca.

Olhando a sua cara amassada no espelho do banheiro, ele se lembrou desse tempo sentindo-se ainda mais velho.

Não tenho cara de quem sairia por aí com um maluco doido feito Tio Chico pra dormir em qualquer buraco sujo como a gente sonhou em fazer tantas vezes embora nunca tenha feito e também ninguém quer saber de porra nenhuma. Porra nenhuma!

Heitor Nichilo, uma percepção sagaz, um homem entre o *free spirit of the self-made man* e o *zeitgeist*, que nalguns momentos parece mais um *poltergeist*.

Seu pensamento vagou mais um pouco antes de se concentrar na ligação de Teresa, um pouco mais cedo naquele dia, lembrando-o de pagar o último boleto da viagem do casal a Porto Seguro.

Não importa qual seja a foto mais bonita de uma viagem, a sua última imagem sempre será a de um boleto.

Ele chacoalha a cabeça para espantar aquela imagem desagradável, adia por mais um tempo o pagamento do boleto (o que fará outras vezes até que o prazo acabe e Teresa brigue com ele porque agora pagarão juros) e caminha até o banheiro pensando *se as mulheres lindas não acordassem todas um belo dia para o fato de você já não ser mais desejável metade da dor de estar velho pra caralho iria pelo ralo*

Como assim, Heitor Nichilo? Do nada, bicho?

Tu se olha no espelho e percebe que ainda tem alguns predicados e que, olhando por alguns ângulos, ainda chama a atenção.

De quem? *That is the question*

Basta um passeio num bar movimentado do centro ou mesmo meia-horinha no metrô. Você olha com insistência pruma mulher e, na melhor das hipóteses, ganha um risinho sem dentes aparentes, simpático apenas. Há as que desviam o olhar e as que deixam evidente o seu incômodo.

Uma merda, pensa Heitor Nichilo.

A questão é que, invariavelmente, essa mulher tem entre vinte e cinco e trinta e cinco anos e você já não passa por alguém abaixo dos cinquenta. Ou é, ou foi casado; ou é, ou foi, ou será alguém que escutou, escuta ou escutará alguém perguntando *será que não seria melhor pegar mais leve com a bebida* ou é, ou foi escroto com a sua companheira nalgum momento; para não dizer que ou é, ou já foi, ou será corno; ou tem uma gordura mole no interior das coxas, ou tem espaços vazios demais na cabeça. A pele já não tem aquele viço, a barriguinha não é mais uma protuberância rija, mas uma geleinha pendurada.

Estão certas, querem carne dura e novidade, é exatamente o que eu quero, pois as mulheres da minha idade também envelheceram e se aplica a elas tudo o que eu penso de mim.

Ou não, Heitor Nichilo, ou não.

Porém, saber que elas estão certas em não querer um cara como você, velho pra caralho pra vida, não te torna menos ressentido por elas não quererem nada contigo, não é?

Sim, eu sei, Heitor Nichilo, a desgraça da vida é esta: justo quando a gente vai ficando mais safo é que fica mais frouxo.

Diante do espelho, Heitor Nichilo se deu conta de que chegara ao seu quarto de hotel há duas horas e ainda se encontrava de calça jeans e camisa aberta até o umbigo. Passou tanto tempo apertando os mesmos quatro botões do controle remoto pensando *de novo esta merda* que sequer tomou um banho.

Ele acendeu de novo o charo apagado no cinzeiro e deu uma tragada profunda para aproveitar a brisa debaixo da água do chuveiro, mas, antes, foi até o *frigobar* e constatou: vazio.

Pensou em Teresa.

Chegara com fome e tinha ignorado isso até aquele momento.

Contudo, a larica o fez correr os dedos entre as folhas da lista telefônica. Nenhuma pizzaria ou restaurante aberto àquela hora. Se ele tivesse pensado nisso meia hora antes...

Nada, velho? Nada.

Isso aqui não é São Paulo, pensou. Terça-feira, sabe como é, as coisas fecham cedo porque a cidade dorme.

Mas a necessidade é a mãe da atitude e Heitor Nichilo o sabia. Por isso, pegou as chaves do carro, abotoou a camisa e saiu à procura de um lugar para comer.

No meio do caminho, aquele último trago solitário bateu e ele diminuiu a velocidade pensando *eu nunca aprendo a dizer não presse último trago* e a verdade é que ele nunca quis aprender isso e só pensa assim quando está chapado demais para dirigir e tem um volante nas mãos ou quando recebe uma ligação de alguém para quem precisa estar, ou no mínimo parecer, sóbrio.

Então, ele percebeu que a toalha branca do hotel pendia de seu pescoço e pensando *caralho eu esqueci de tomar banho* riu sozinho e muito.

Heitor Nichilo estacionou na frente de um mercadinho vinte e quatro horas e uns carinhas que bebiam catuaba no estacionamento olharam todos para ele ao mesmo tempo. Ele tinha subido a calçada com um dos pneus dianteiros e um deles ria, bêbado.

Se eu tivesse a idade deles, murmurou para si, ficariam todos de marra pensando *o que esse branquinho tá esparrando aí* preu me sentir mais ou menos ameaçado, mais ou menos constrangido, mas eu não sou mais um adversário, eu sou um tio que fica tão engraçado chapado quanto invisível sóbrio.

Ao passar pelos carinhas, caixa de som tocando *e aí chama o guilherme chama o fanho chama o dinho e o di marquinho chama o éder vamo aí se os outros mano vêm pela ordem tudo bem melhor quem é quem no bilhar no dominó* até que ele fecha a porta do mercadinho atrás de si.

Caminhando por um dos corredores do mercadinho, via-se que os botões de sua camisa não estavam em suas casas correspondentes, mas noutras, mais acima, de modo que o seu reflexo nas portas da geladeira de frios era o de um homem cansado e torto. Também refletidas no vidro, duas jovens mulheres escolhiam entre a vodca mais barata e o vinho mais doce, medindo qual seria o melhor custo-benefício entre o preço e a ressaca.

Divertiam-se sobretudo.

Heitor Nichilo passou quase um minuto preso no decote de uma delas, entrevisto pelo reflexo da porta da geladeira de frios. Peitos duros e decote em vê entre presuntos de peito de peru e queijo muçarela, indo do colo negro e entrando por dentro da blusa laranja até o começo da barriga na qual ele imaginava um umbigo do tipo risquinho longitudinal.

As duas se levantaram e sequer notaram a sua presença.

Ele, então, pegou queijo prato, mortadela e bacon e fechou a geladeira pensando *eu tenho que parar com essa merda senão vou acabar confundido com esses caras que ficam cercando mulher pelos cantos enquanto elas acham tudo meio ridículo meio asqueroso meio perigoso pensando se deveriam ou não ficar na defensiva e quem sabe gritar por socorro*

Enquanto passava as compras no caixa, a outra mulher o olhava com curiosidade. Pelo menos assim ele entendeu o seu olhar e o retribuiu, meio incrédulo mas com alguma confiança. Ela sorriu, mas, na verdade, parecia sorrir de algo dito pela sua amiga.

As duas parecem universitárias, ele pensou.

Não, não eram universitárias.

Leve acúmulo de gordura nos culotes, seios pequenos demais, mas tudo deve ser muito durinho.

Talvez não, Heitor Nichilo, isso pode variar muito.

Heitor Nichilo olha pruma das mulheres e vê aquela imagem popular em açougues ao redor do mundo: um boi decalcado em duas dimensões e recortado com linhas pontilhadas dentro das quais o açougueiro escreve coisas como acém, paleta, cupim, picanha *et cetera*, como se fosse um lobo de olhos esbugalhados desenhado por Tex Avery.

Sacode a cabeça de um lado pro outro e passa.

Enquanto observava as duas mulheres se distanciando a caminho do estacionamento do mercadinho, ele ensacou as suas compras pensando *teresa é apenas três anos mais nova do que eu e continua muito durinha nada flácida*

Senhor?, pergunta a atendente do caixa.

Não, não é com você e…

Deu onze reais, ela avisa.

Heitor Nichilo ainda pôde vê-las dentro do estacionamento, rindo e falando alto, enquanto contava as notas em sua carteira e pagava à mulher à sua frente. Porém, quando conseguiu se livrar das sacolas dentro do porta-malas do carro, as mulheres haviam sumido.

Mas também eu ia fazer o quê?, ele se perguntou. Abordar as meninas? Num estacionamento de supermercado quase de madrugada? Que tipo de desesperado faz isso?

Heitor Nichilo não ligou o carro.

Pegou uma das sacolas jogadas no banco de trás, abriu dois pães frios e quase dormidos e preencheu com queijo prato, bacon e mortadela.

Se houvesse alguém, àquela hora, nas ruas de Boa Viagem, veria um Gol 2000 duas portas preto perolado passando a vinte quilômetros por hora, não mais do que isso, e, em seu interior, o motorista comendo um pão sem cor e bebendo *Coca-cola*.

Bastou pôr os pés no quarto de hotel para o telefone tocar.

Teresa ligou, disse a atendente do Hotel Jefferson.

Muito obrigado, agradeceu ele. Você pode ligar para ela, por favor.

Um minuto, pediu a mulher.

Oi, amor, ele disse, quando, enfim, sentiu que a sua esposa estava do outro lado da linha.

Oi, Heitor, ela disse.

Como foi o dia aí?, ele perguntou.

O mesmo de sempre: fui dar aula, almocei com Henrietta, passei no banco para assinar uns papéis, voltei à universidade, tive umas reuniões com orientandos, jantei em casa e agora estou pronta para dormir.

Hum, considerou Heitor Nichilo.

E o seu dia, como foi?, perguntou ela.

Heitor Nichilo fez o que ele chamava de Relatório Completo Para Teresa: acordei, comi, trabalhei, comi, trabalhei, bebi, chapei, saí pra comprar comida, comi e agora vou tomar banho pra dormir.

Se ela tinha ciúme dele, sozinho noutra cidade, muito longe dos seus olhos, não o demonstrava. Por isso, ele se sentia ainda mais culpado pelo pensamento insistente ecoando em sua cabeça *preciso comer alguém nestas três semanas* desde o momento em que saiu de casa para ir ao aeroporto.

O interesse de Teresa era genuíno, ela queria saber sobre ele e contar sobre o seu dia, mas, naqueles momentos, Heitor Nichilo sentia-se controlado e não sabia ainda quanta saudade teria, em breve, de conversar com Teresa.

Amanhã, não se esqueça de ver pra mim o negócio das placas de linóleo.

Ele não se lembrava de nenhum negócio envolvendo placas de linóleo. Aliás, perguntava-se, naquele instante, se algum dia soube o que é uma placa de linóleo.

A Patrícia, lembra? Ela contou pra gente que há uma fábrica de placas de linóleo aí no Recife que tem um preço muito mais em conta.

Diante do silêncio de Heitor Nichilo, Teresa respirou fundo e, mais uma vez, discorreu sobre os usos possíveis de placas de linóleo, um tecido impermeável obtido pela mistura de juta ou aniagem com óleo de linhaça, pó de cortiça e resina.

Xilogravura, Heitor, disse ela, por fim, impaciente. Eu estudo xilogravura desde mil novecentos e oitenta e oito, quando comecei o meu mestrado e nós começamos a namorar.

Sim, eu sei disso, disse ele. Tranquilo, pode deixar comigo.

E os boletos da viagem?

Eu tava pensando nisso hoje...

Pagou?

Amanhã, hoje já não dá mais.

Justo.

Amanhã eu compro seu negócio.

Tranquilo.

Boa noite, te amo.

Eu também, boa noite.

Heitor Nichilo desligou o telefone e o atirou no gancho pensando *e se eu baixasse nalgum bar e tentasse a sorte* e começou a rir tão logo esse pensamento atravessou a sua cabeça completando *que coisa ridícula ainda corro o risco de ser descoberto chantageado exposto* e desistiu porque de todos os finais possíveis para o seu casamento, um flagrante de traição seria, de longe, o mais traumático.

Teresa jamais sofreria calada, balbuciou ele, chacoalhando os braços com a boca cheia de espuma de dentifrício, para o seu reflexo no espelho. Contaria a minha falha pra todos os que têm ouvidos para ouvir. Isso se não escrevesse naquele blogue lá dela que ninguém lê. Aí seria a minha vergonha de macho branco de classe média que não consegue segurar o pau dentro das calças. Ela faria isso com certeza, Teresa adora quando eu me sinto muito culpado e me chicoteio com palavras, assumindo ser o mais desprezível dos homens porque, no limite, tenho plena consciência de ser igualzinho a todos os homens fingindo ser diferente, mas basta um errinho de nada, qualquer besteira, e lá vamos nós pruma semana de intensa rememoração do fato, pra depois passar por seis meses de moderada relembrança do ocorrido e, então, uma vida inteira de latejante reminiscência.

É o preço a pagar pela consciência e é por isso que dizem que ignorância é uma bênção.

Heitor Nichilo sabia bem o que significava o latejar de uma reminiscência.

Dali a algumas semanas, ele e Teresa completariam vinte anos de casados. Bodas de porcelana, segundo a reportagem que saiu sobre o *Caso do Hotel Jefferson* no Estadão, no dia primeiro de março de dois mil e dois, mesmo dia em que os Estados Unidos deram início à Operação Anaconda no Afeganistão, uma operação sem pé nem cabeça orientada para gerar imagens de veiculação constante da propaganda de guerra na tevê e na imprensa escrita, sem qualquer objetivo militar que a justificasse, embora afegãs, afegãos, afegãezinhas e afegãozinhos tenham sido destroçados por bombas e rajadas de metralhadoras do mesmíssimo jeito que seriam se houvesse algum objetivo militar que a justificasse.

Démocratie oblige.

Até parece que você não sabia...

Eu fico pensando num jornalista, altas madrugadas, pesquisando sobre uma tradição milenar nascida entre os povos germânicos e conhecida pelo resto do mundo por meio de documentos do império romano e dos impérios surgidos de seus declínio e queda, tudo para aumentar a reportagem em três ou quatro linhas com uma informação irrelevante sobre o nome que se dá na contagem de bodas à efeméride de vinte anos de casamento.

Faz parte da construção da personagem, dizem-me pessoas sabidas demais, e eu só posso me desesperar com isso, porque, malditas sejam todas as escolas superiores de comunicação social deste país, Heitor Nichilo não é uma personagem. Trata-se de uma pessoa real transformada pelos eventos extraordinários do dia vinte e nove de janeiro de dois mil e dois em celebridade a despertar ódio e compaixão do público.

Celebridade involuntária, registre-se. Se há algo que Heitor Nichilo nunca quis ser, esse algo é uma celebridade.

Mas ele ainda não sabia disso quando, naquela madrugada quente de janeiro, ligou o *notebook* da produtora e digitou *www.cade.com.br* e no campo da pesquisa escreveu *gang bang*

A pornografia, pelo menos, não trazia riscos ao casamento e, pela primeira vez na história da indústria cultural, era gratuita e acessível a qualquer um com um *notebook*. Rindo meio complacente e olhando fixamente para o cabo azul por onde, naquele exato momento, passavam microdados que o seu computador pessoal reorganizaria em imagens luminosas de peitos, bundas, bucetas e caralhos, Heitor Nichilo imagina um programa de televisão em que os convidados debatem se o termo correto seria *web*-ereção ou ereção *online*.

Aí o *site* carregou.

Quando, afinal, Heitor Nichilo entrou na cortina d'água lançada pelo chuveiro daquele banheiro de hotel luxuosamente decadente, já eram três da manhã. Pensava nas coisas que teria de fazer no dia seguinte enquanto a água escorria pelo seu corpo nu.

Após o banho, ele vestiu uma samba-canção de cetim, ligou a central de ar-condicionado em dezessete graus, desligou todas as luzes e se deitou debaixo de um grosso edredon.

Dali a alguns minutos ressonava sossegado enquanto, lá fora, o Recife ardia a trinta graus celsius e eram apenas as primeiras horas do dia vinte e nove de janeiro de dois mil e dois e o mundo ainda parecia o mesmo lugar de sempre, embora este nunca seja o caso.

Por toda a manhã, Heitor Nichilo correu entre o Centro de Convenções de Olinda e o Aeroporto Internacional do Recife-Guararapes Gilberto Freyre. Naquele dia chegaria o empresário de Stephen Malkmus, um sessentão loiro, grande e suarento, daqueles que têm o pescoço rachado e muito vermelho, ou seja, estereotípico demais para passar despercebido no Recife, e Malkmus prometia ser a melhor atração internacional do *Abril pro Rock* daquele ano.

A pressão aumentava a cada dia.

Stephen Malkmus não chegava nem aos pés das atrações internacionais de dois mil e um, *Asian Dub Foundation* e *The Queers*, mas as pessoas tinham de entender, a crise econômica, a guerra, a porra do preço do barril de petróleo que não parava de subir. Quem eles queriam com o dólar a quase três reais? Paul McCartney? O Brasil muda de nome quando Paul McCartney fizer um *show* no Recife, riu sozinho Heitor Nichilo enquanto encarrilhava meticulosamente um pouco da pouca cocaína que ainda lhe restava.

A cocaína também atende pelos nomes de benzoilmetilecgonina e éster de ácido benzoico. No popular, coca, *bright*, *shine*, branquinha, gulosa, fernet de fada verde, este só entre meus amigos, confesso, dona Julia, neve e *snow*. Pode ser aspirada, fumada ou injetada e nada mais é do que um alcaloide com forte efeito anestésico com poder de dar um *eita porra* no sistema nervoso central pego de surpresa. Às vezes bate na trave e transforma teus olhos em bolas de gude enormes e opacas e te leva para passear numa campina desértica calcinada em meio a uma guerra dos mundos entre os seres humanos, ou seja, os estadunidenses, e alienígenas possuidores de tecnologias avançadíssimas, ou seja, *nosotros* se tivermos acesso à tecnologia avançadíssima e é por isso que eles não nos deixam ter; às vezes arromba trave, barra, estádio e o caralho e te joga na piscina de ácido ao lado daquela em que caiu o Coringa.

Aí, sinto muito, *game over*, choro e vela num velório cheio de gente que enche o cu de álcool destilado ou fermentado nos finais de semana, e não apenas, mas acha que você era muito novo pra morrer assim e não de cirrose aos sessenta e muitos.

Acontece, mas não aconteceu com Heitor Nichilo daquela vez. A roleta russa engasgou no trinta e sete e ele saiu revigorado de dentro do banheiro e adentrou o escritório de Paulo André Pires, criador do *Abril pro Rock*, sabendo que a questão ali estava bem longe do que achava ou deixava de achar o público do festival.

Fala, mano, cumprimentou Heitor Nichilo.

Diz tu, correspondeu Paulo André, conta aí a tua história.

O cara tá fazendo jogo duro, mas acho que dá pra fechar negócio. Ele ainda não se recuperou totalmente depois do fim da *Pavement*, ao mesmo tempo, a cena *indie* é pequena porém fiel, de modo que todo fã de *Pavement* aqui no Brasil tentará arrumar uma passagem pro *show* de Malkmus no *Abril pro Rock*. Ele sabe disso.

Heitor, disse Paulo André, puxando o ar pelas narinas pacientemente, o mundo mudou, cara. Ele não mandou o empresário dele aqui pra fechar um *show*, saca? O cara só virá pra cá se fechar outros *shows* em praças maiores. São Paulo, Rio...

Sim, eu sei.

A gente precisa anunciar a programação até o final de fevereiro, Heitor, essa porra é em abril, precisa ter tempo pra vender ingresso. É a décima edição, velho, décima, e a gente já tem Pato Fu, Sepultura e Tom Zé confirmados. Falta uma atração internacional pra repercutir pra fora!

Eu sei, me dê dois dias e eu trago o cara amaciado pra conversar contigo.

Massa, disse Paulo André. Volta quando pra São Paulo?

Sexta.

Já?

Heitor Nichilo confirmou com movimentos erráticos de cabeça.

Engasgou?, riu Paulo André.

Um pouco, tentou rir Heitor Nichilo, mexendo os lábios sem muita coesão facial.

Massa...

Os dois se despediram com um aperto de mão mais frio do que o habitual. Heitor Nichilo perdia o jeito a olhos vistos. E quando os empresários não fossem mais aqueles velhos suarentos do pescoço vermelho vestidos com agasalhos esportivos coloridos, que tudo o que queriam era fechar logo o negócio para conhecer o cabaré de luxo local, numa cabaré *world trip* filoimperialista?

Vou acabar virando a porra de um *office boy* de algum cantor que fez sucesso há mais de dez anos e anda fazendo tantos *shows* em cidades dos interiores mineiro e paulista que não tem tempo para lamber as próprias cartas ou comprar o próprio pó.

Não era uma consideração lá muito aperiente para se ter na hora do almoço, mas o que ele podia fazer? Almoçou assim mesmo.

Onde a gente pode encontrar gente, tomar uma, por aqui, à noite?, perguntou ao garçom enquanto passava o cartão no caixa.

Que tipo de gente tu tá procurando?, perguntou o garçom.

Ninguém em específico, respondeu Heitor Nichilo.

Por aí em todo canto tem bar, disse o garçom.

Entendi, muito obrigado.

De nada.

Se, pelo menos, Tio Chico atendesse as minhas ligações, pensou Heitor Nichilo, ao sair pela rua molhada da fina chuva que acabara de cair.

E lá estava Heitor Nichilo, de novo, diante daquele mesmo garçom, cinco horas depois. Todas as cinco horas passadas numa sala de reunião diante do empresário de Stephen Malkmus.

Era a noite do dia vinte e nove de janeiro de dois mil e dois.

Eu quis dizer mulher, diz ele diante do sorriso impassível do garçom.

Tu espera só uma coisinha, mais umas duas horas, e dá uma circulada de carro aqui por Boa Viagem mesmo. Tem muita rapariga boa aí pela rua, mas se tu gostar de algo a mais, se é que tu me entende, aí é o caso de ir direto na Conselheiro Aguiar.

Mas eu não quero ficar rodando de carro à noite por aí...

Hum, fez o garçom, olhando melhor para o homem à sua frente. Tu quer ficar na cocó.

Acho que sim, concordou Heitor Nichilo.

Tu tá em que hotel mesmo?

Logo ali na frente, no Hotel Jefferson.

Oxe, então tá fácil, riu o garçom. Procure por Jéssica na recepção e diga *eu me sinto muito sozinho hoje*

Foi o que ele disse a Jéssica na recepção do Hotel Jefferson.

Oi, boa noite, eu me sinto muito sozinho hoje.

Hoje?, perguntou Jéssica.

Sim, respondeu Heitor Nichilo, sem muita convicção.

Ontem não?

Também.

Então, não é algo de hoje, mas um sentimento perene de solidão ao qual você habitualmente se entrega porém hoje, especificamente hoje, por algum motivo que talvez seja nebuloso, inclusive para você, a coisa apertou e você decidiu recorrer a mim.

Não sei, disse Heitor Nichilo, precisaria pensar.

Ela, uma loira alta e esguia cujos olhos afundavam-se no rosto o suficiente para gerar algum tipo de estranhamento, após um risinho incontinente, abaixou-se e trouxe, de alguma gaveta daquele imenso balcão, uma pasta-catálogo rosa.

É só uma piada, bicho, riu a atendente. Se possível, só abra a pasta no quarto. O senhor só precisa me ligar e dizer o número que quer, só isso.

Câmera.

Aquela hora passada folheando o catálogo de garotas de programa disponíveis foi *happy*fânica para Heitor Nichilo. A única interrupção no seu meticuloso trabalho se deu quando uma reportagem na tevê começou a tratar da última grande polêmica nacional: a calcinha transparente de Luma de Oliveira que havia causado rebuliço, na semana anterior, num ensaio da Viradouro para o carnaval dois mil e dois.

Primeiro, ele descobriu um método passando os olhos em cada foto de cada página, da primeira à última, sem se demorar. Anotou alguns números num guardanapo que jazia desde a noite anterior na mesinha de cabeceira. Então, passou pelos números anotados com mais atenção e vagar, de quando em quando ajustando os óculos e, ato contínuo, tamborilando com os dedos no queixo. Retirou aqueles que agradaram menos e lhe sobraram três números. Passou uns dez minutos analisando cada um deles, considerando aspectos como as sombras ocultadoras lançadas pela angulação da luz, a probabilidade de fotogenia em excesso e a possível idade da foto.

Heitor Nichilo tinha certeza de que Teresa não apenas sairia naquele final de semana. Ela sairia com as amigas e aproveitaria a noite inteira para rir bastante e esquecer toda a exaustiva rotina de uma doutora em filosofia da arte.

Grandes merdas!

Teresa não flertaria.

Ela sequer olharia para um maldito cara por toda a noite e voltaria sozinha para dormir quentinha e confortável na sua cama, abraçada naquele maldito travesseiro de grávida do qual ela nunca se separa.

Sabe por quê?

Porque Teresa pode fazer isso.

Teresa pode escolher não dar pra ninguém num final de semana, porque se ela quiser dar no outro, ninguém se fará de rogado por ter sido ignorado no final de semana anterior. A fila é sempre grande para uma mulher e cada vez mais curta prum homem.

Heitor Nichilo tinha um momento específico na cabeça. Aquele gringo da meditação transcendental com quem ela tinha tido a porra de um caso há uns anos.

Tudo começou numa palestra.

Uma hora de palestra de um loiro despenteado com *dreadlocks* pendentes e balançantes, foi o que eu tive que aguentar, pensou Heitor Nichilo. Quando aquele *hippie* do inferno encerrou aquela conversa mole, eu já sabia que ela daria para ele, mas optei por me enganar solenemente. É bem o tipinho dela: sujeitinho risonho e ensebado de aparência suja exalando superioridade moral por todos os poros bem hidratados e cobertos de pelos penteados de cores vivas à luz do Sol.

Desde que Heitor Nichilo tivera um caso com uma secretária no ano de mil novecentos e noventa e quatro, o casal havia adotado uma postura de desdém velado e silencioso diante de traições conjugais, cuja única condição inegociável de estabilidade era não ser pego por uma terceira pessoa com a boca na botija de uma quarta.

Outros tempos, outras histórias.

Corta para o bar da esquina da faculdade onde ocorreu a palestra, os dois já sentados um diante do outro, uma cerveja aberta e, à mesa, dois copos cheios até a boca.

Você acredita mesmo que meditação pode trazer compreensão infinita?, questionou ele.

Não se trata de acreditar, ela disse. Há evidências dos benefícios dessa prática. Veja só, assista aos filmes de David Lynch. Ele diz que aquilo é fruto de meditação transcendental, então, quem sou eu ou você, que nunca criamos nada parecido, pra contestar.

Eu não sei, retrucou ele. Parece conversa de *hippie* velho.

O problema é que você é muito quadrado, Heitor Nichilo. Tudo e todos têm que se encaixar nos padrõezinhos, nas caixinhas, nos estereótipos que só existem na sua cabecinha. Você já tinha ouvido falar nisso? Não. Então, se abra, conheça algo novo, goste, desgoste, se decepcione, se apaixone, sei lá, cara, viva!

Disso decorreu, como sempre ocorria quando a conversa por aqueles lados ia, que ela se tornou adepta da meditação transcendental e a meditação transcendental se tornou mais um assunto incomum entre os dois.

Um casal acumula tantos ao longo de uma vida...

Heitor Nichilo sentiu o problema e pensou em fazer algo. Chegou até a propor a Teresa que assistissem juntos ao seu filme preferido de Lynch.

Melhor não, disse Teresa, mas podemos assistir a *Twin Peaks (1990)*, uma série dele muito boa também.

Heitor Nichilo odiou a série desde a primeira cena que se abriu diante de seus olhos. No entanto, Teresa parecia tão empolgada e tão ansiosa pelas suas primeiras impressões que ele sorriu dizendo *bom muito bom eu gosto quando tem rio mar cachoeira*

Esse gosto não impediu que ele abandonasse a série antes do final do segundo episódio.

A partir de então, sempre que algo lhe parecia meio absurdo e assustador, Heitor Nichilo inclinava de leve a cabeça para a esquerda, apertava os olhos e puxava um pouco a boca para o lado direito dizendo *isso aqui tá parecendo filme de david lynch* e algumas pessoas, sobretudo aquelas que conhecia por intermédio de Teresa, riam muito e lhe demonstravam um pouco mais de apreço.

Se não tivesse se casado tão cedo, se fosse menos complacente consigo mesmo nos primeiros anos de casado, se não houvesse perdido Valéria para o maldito corretor de seguros que casou com ela, no ano de dois mil e um, quando ficaram presos juntos numa estação subterrânea do metrô após a polícia militar barbarizar uma manifestação de estudantes deixando dezenas de feridos e um homem de vinte e três anos cego de um olho.

É sempre essa merda agora? Remoendo essas reminiscências latejantes. Preciso relaxar e escolher logo uma puta.

Ninguém faria escândalo por isso no século vinte e um, pelo amor de Deus, os virgens não sobreviveram ao *bug* do milênio, ficaram de fora desse baile chamado anos dois mil, todos presos no último dia do último mês do ano de mil novecentos e noventa e nove.

Mas uma puta, Heitor Nichilo? Aí já não é demais, mesmo para você?

Teresa com certeza tinha uma opinião inteligente e socialmente comprometida sobre a prostituição, mas ele se beneficiava de nunca ter ouvido qualquer consideração sobre o assunto saindo da boca dela.

A ignorância é uma benção.

Antes que pudesse tirar o telefone do gancho, sentiu-o vibrar e viu tremer o número sete pintado nele.

Se Heitor Nichilo não fosse um homem do seu tempo, com toda a carga de preconceitos e o volume de merda que carrega a cabeça de um homem do seu tempo, ainda que isso diga pouca coisa, uma vez que cada tempo carrega e arrasta os seus homens e as suas mulheres e as suas crianças, além das demais pessoas para quem nenhuma dessas palavras diz muita coisa, talvez não tivesse escolhido o quarto de número sete.

Hoje, enquanto eu escrevo estas linhas que você lê, parece óbvio, mas em vinte e nove de janeiro de dois mil e dois não era.

Explico: tanto a astrologia quanto a numerologia ainda estavam submersas no pudor da modernidade agonizante. Ainda não haviam renascido dos escombros do século vinte toda a sorte de visões alternativas da realidade que hoje pulam na sua cara a qualquer momento. Pudera, menos de dois anos depois da virada do milênio, não dava para esperar muito sucesso de uma ciência capitaneada por Olavo de Carvalho e João Bidu, para não falar de milhares de neófitos do jornalismo recém-contratados por empresas de comunicação para escrever o dia a dia dos signos, coisas do tipo *hoje é terça-feira vinte e você que é de leão deveria expor menos a própria figura optando por uma maior serenidade uma vez que a posição de saturno o exige*

Besteira. Isso é papo sério.

Intelectuais como Carl Jung dedicaram estudo à astrologia. O psicoterapeuta suíço, discípulo e contendor de Sigmund Freud, chegou mesmo a se envolver num estudo acerca do horóscopo de Jesus Cristo, em sua obra *Aion: estudos sobre a fenomenologia do Self*, lançado em mil novecentos e cinquenta e um. Jung resgata um comentário ao *Livro de Daniel* que dizia ser o Messias esperado no signo de Peixes. Cita ainda o astrólogo judeu Abravanel, o geógrafo Pedro de Alíaco e o astrólogo e matemático alemão Johanes Kepler, corroborando a mesma tese, afinal, Peixes seria signo de justiça e de magnificência, além de ter, sabidamente, sido multiplicado, junto com pães, pelo Homem. Embora não mencionasse nada sobre timidez, indecisão e um caráter sobretudo evasivo e levemente irresponsável inquestionavelmente ligado às pessoas de Peixes, a investigação de Jung era séria, inclusive aventando a possibilidade de o ascendente do Salvador das almas contritas ser de Virgem, e, talvez para não dizer que bebia apenas numa tradição, antecipando-se aos estudos culturais, trazia o famoso astrólogo árabe Albumasar para confirmar a sua predileção, ainda que anotasse a discordância de Pedro de Alíaco, cujos estudos levavam à conclusão diferente, a saber, que o ascendente do Cristo seria Libra.

Fosse o filho de Deus um cínico sarcástico com evidente tendência ao sistemático ou um arrivista superficial jogando sempre no time que ganha, o que muda significativamente a interpretação do episódio em que ele é interpelado pelos fariseus perguntando se andava por ali incentivando os judeus a não pagarem impostos aos romanos e ele proferiu a célebre frase sobre dar a César o que era dele e a Deus o que era de Deus, o fato é que o ensaio de Jung não ficou tão célebre quanto outros escritos seus.

Talvez isso se deva ao preconceito contra a astrologia, talvez as pessoas que viviam naquela época estivessem mais interessadas no que Jung tinha a dizer sobre suas evidentes ligações com o nazismo durante todo o Terceiro Reich, num momento em que os Estados Unidos da América varriam do mapa um pedaço do paralelo trinta e oito na península coreana, despejando as bombas que não tinham gastado durante a Segunda Guerra Mundial, numa espécie de liquidação de queima de ponta de estoque bizarra e genocida e as principais capitais europeias ainda tinham bairros inteiros em escombros.

Menos Paris. Por algum motivo, a *Luftwaffe* poupou Paris e seus monumentos, mas isso é outra história.

O que quero dizer com essa conversa toda é que o aspecto astrológico-numerológico não foi considerado pelos jornais que retrataram o *Caso do Hotel Jefferson* na época. A minha vasta pesquisa não revelou uma menção sequer ao fato de Heitor Nichilo ter se hospedado no quarto de número sete, muito menos que o catálogo fora encontrado aberto no número sete, nem que, o principal, a sua idade era de quarenta e nove anos, o que, todos os que passaram pela escola sem fazer muitos amigos sabem, é múltiplo de sete.

Numerologicamente falando, não há como escapar incólume de tais coincidências.

Aliás, Carl Jung tem oito letras, mas se pronunciarmos à brasileira temos Cal Iung, sete letras, e se pronunciarmos à alemã, Carl Iun, também temos sete letras.

Ninguém pensou nisso, na época, mas eu não olho o mundo pelas lentes de ninguém.

O número sete, como hoje qualquer adolescente sabe, é um número solitário e distante. O único grupo em que se encaixa, por exemplo, são os números-primos. A pessoa regida por este número, nazista ou não, tende a ser pensativa e, não raro, pessimista. Aliás, como amantes, os setembrinos tendem à prática de sumiço pós-coito e da frialdade pré-conquista.

Em suma, é fria, vaza!

Heitor Nichilo não sabia de nada disso quando, dizendo *alô* ouviu a voz de seu amigo Tio Chico do outro lado da linha. Instinto puro, os dedos de seus pés cravaram o chão, como se ele precisasse tomar impulso para fazer voltar atrás o sangue que, afluindo pujante, levantara o seu pau durante a análise detida do catálogo rosa, de modo a não permitir em seu juízo qualquer memoriazinha, por remota que fosse, que ligasse de alguma forma o seu pau duro ao seu amigo Tio Chico.

Fala, Tio Chico!

Fala, vei!

Sumiu desde a última sexta...

Resolvendo umas paradas, mas voltei e voltei com uma turma massa que tá a fim de quebrar tudo hoje. Bora?

Já tô lá, meu caro!

Então te arruma, bota um perfume, ajeita essa cara de cu que tu tem, que já já passo aí. Onde tu tá mesmo?

No Hotel Jefferson, quarto sete.

Quarto sete é a cabeça do meu pau, riu Tio Chico. Tu acha que eu vou te buscar no quarto, madame? Trabalho pra tu não, meu irmão. Me espere lá na porta!

Tá certo, riu Heitor Nichilo.

Ele sentia muita falta da afetuosidade sempre eufórica e às vezes delirante de Tio Chico.

Ação!

Bolão, Vanja, Óbito Súbito e Sputnik, disse Tio Chico, apresentando os outros ocupantes do Fiat Pálio 2001 duas portas preto perolado. Moçada, este é o meu amigo Heitor, que enricou e foi morar em São Paulo.

Para com isso, vei, disse Heitor Nichilo, com um risinho no canto da boca. E aí, gente, beleza pura?

Os outros saudaram Heitor Nichilo falando ao mesmo tempo *olás* e *chega mais*, menos Óbito Súbito, que apenas levantou as sobrancelhas muito pretas.

Qual a boa de hoje?, perguntou Heitor Nichilo.

Hoje tu vai conhecer uma galera que não existia na nossa época de moleque, cara, anunciou Tio Chico. Quem contou os esquemas foi Vanja.

Tem um cara, disse Vanja. O nome dele é Boris. Dizem que o pai dele é russo, mas não é comuna.

O último comuna do Recife é nosso amigo Sputnik, né, não, Sputa?, gritou Tio Chico, acelerando para passar no sinal amarelo.

Sputnik apenas bufou fechando os olhos e sorrindo sem jeito. O nome dele é Emiliano Souza Funes Bri e em dois mil e dois ele tinha dezenove anos. O apelido já era antigo. Sputnik é irmão de Tio Chico e, uma vez, enquanto discutia à mesa com o pai deles, combateu aquela velha história dos comunistas mergulhados em tecnologia obsoleta perguntando *e o sputnik hein* abrindo os braços e deixando toda a cara à mostra para que o pai morresse de rir, sabe-se lá por quê, mas deixando Sputnik muito indignado, o que era o objetivo desde o início.

A família é russa, disse Bolão. A família toda. Boris nasceu lá, mas veio pra cá criança e agora é o cara que dá as melhores festas da Zona Norte.

Coisa fina, cara, disse Tio Chico. Galera com muita grana de família, tá ligado? Vanja botou a gente nesse circuito e a gente só vai, tudo de grátis.

Menos pó, corrigiu Vanja. Quem quiser pó tem que se coçar.

Isso não é problema pro meu amigo aqui, né?, riu Tio Chico, virando-se para trás e dando um tapa quase carinhoso na cara de Heitor Nichilo, que respondeu xingando *filha da puta*

Não é comuna até que ponto, né?, questionou Bolão.

Lá vem, riu Vanja, com uma ponta de ironia pendurada no canto da boca.

Não, não, disse Bolão. Você já ouviu falar de operação de bandeira falsa?

Heitor, Bolão é nosso amigo que descobriu o mecanismo pelo qual somos todos controlados, advertiu, rindo, Sputnik. Vamos ouvir o que ele contará pra gente hoje.

Vocês brincam, mas o mundo não é um parque de diversões, irritou-se Bolão.

Hoje será, retrucou Vanja.

Estou curioso, disse Heitor Nichilo, tentando se enturmar. O que o pai de Boris tem a ver com bandeira falsa?

Não sei, disse Bolão, mas pode ter tudo a ver. *False flag* é quando alguém, algum país, alguma agência de espionagem ou coisa do tipo, age como se fosse o inimigo pra gerar uma certa confusão.

Tipo Ronaldinho Gaúcho, interrompeu Tio Chico, olha prum lado e toca pro outro.

Quase todos no carro riram muito, menos Bolão e Óbito Súbito, que nunca gargalhava.

Há casos muito famosos na história, disse Sputnik. O caso mais famoso, sem dúvidas, foi o incêndio do *Reichstag* a mando de Hitler. Hoje está provado: Hitler mandou incendiar o prédio, que era tipo o Congresso da Alemanha, e botou a culpa nos comunistas, inclusive julgando e condenando um cara. Ele usou esse caso pra assumir o poder totalmente, governando sozinho a partir dali.

Tu também tá nessa de teoria da conspiração, Sputa?, ironizou Vanja.

Eu não sei do que ele tá falando, negou Sputnik, mas *False flag* é um troço real.

Se é, retomou Bolão. Tem outro caso famoso também comprovado, que é o caso do Rio Centro. Dois oficiais do exército, um capitão e um sargento, se não me engano, queriam plantar duas bombas num comício contra o regime, mas as bombas explodiram antes da hora, no colo deles, na verdade. Um dos caras morreu na hora, mas o outro sobreviveu, mesmo todo fodido.

Mas o cara tá vivo até hoje, disse Sputnik.

Verdade, concordou Bolão.

O que só comprova que o exército brasileiro só serve mesmo pra pintar meio-fio e tomar conta de calçada, riu Heitor Nichilo.

Todos riram, menos Óbito Súbito.

Sim, interrompeu Tio Chico, mas o que isso tem a ver com o pai de Boris?

Pode ter tudo a ver e pode não ter a ver, considerou Bolão, mas o fato é que o cara veio da Rússia quando acabou o comunismo por lá, certo? Quem é que tava fugindo da Rússia nesse momento? Os comunas. Agora, ele paga de anticomuna, mas quem é que sabe o que ele fez lá na Rússia? Pode estar aqui escondido e mexendo seus pauzinhos.

Mas aí já é uma suposição sua, né?, questionou Sputnik.

Porque é contra os comunas, né?, riu Tio Chico. Hitler com certeza usou essa tal de bandeira falsa, mas os comunas nunca, né? Tudo gente boa!

Não disse isso, retrucou Sputnik, mas no caso do *Reichstag* tem comprovação, historiadores estudaram o caso, tem prova e o escambau, agora, sobre o pai de Boris, a verdade é que a gente não sabe de porra nenhuma.

Teoria da conspiração no cu dos outros é refresco, né, belezinha?, riu Tio Chico.

Vanja e Heitor Nichilo riram muito. Sputnik, Bolão e Óbito Súbito não.

Agora morgou o papo, disse Tio Chico. A gente chegou na casa do cara.

O carro entrou no condomínio após todos deixarem os erre-gês na portaria. Sputnik relutou um pouco em fazê-lo, mas acabou entregando por pressão dos demais ocupantes do carro.

Torre quatro, disse o porteiro.

O Fiat Palio 2001 duas portas cinza perolado percorreu uns setecentos e poucos metros entre a portaria e a torre quatro.

No caminho, uma pracinha com palmeiras muito altas iluminadas por canhões de luz verde que subiam aos céus. O chão era feito de paralelepípedos uniformes e lisos, mas aqui e ali havia tiras de emborrachado antiderrapante vermelho e amarelo.

A torre quatro era igual às outras cinco. Sete andares cobertos por enormes varandas numa fachada de tijolinhos vermelhos sem pintura e grandes janelões de vidro.

Algo que Heitor Nichilo nunca imaginaria ver no Recife.

Aqui é papo de barão, sussurrou Tio Chico ao seu ouvido. Tipo São Paulo, pra tu se sentir em casa.

Vaisefúder, murmurou Heitor Nichilo para Tio Chico.

Tu já foi menos agressivo, cara, riu Tio Chico.

Boris Prokhorov morava na cobertura da torre quatro com o pai. O apartamento tinha muitos metros quadrados. Tantos que a sala possuía mais de cem deles.

Havia quatro sofás de quatro lugares dispostos de modo a formar uma salinha dentro da salona. No meio da salinha, uma mesinha de centro retangular de vime e tampo de vidro espesso, em cima do qual repousavam revistas, livros de arte e algumas peças de decoração dessas que há em *shoppings*.

As paredes da salona eram cobertas por quadros e estantes de madeira. Nenhuma televisão à vista, o que chamou a atenção de Heitor Nichilo, que cogitou a possibilidade de a família ser contra a imprensa ocidental, o que corroboraria a hipótese de Bolão.

A verdade é que eles tinham um quarto de tevê, um *home theater*, com um projetor de cinema e uma tela de lona branca cercada por pufes espalhados pelo carpete.

Quando eu visitei o apartamento da família Prokhorov essa sala tinha uma outra disposição e Boris já era o proprietário, porque o pai já havia voltado para a Rússia, e encabeçava o comércio de anfetamina e sintéticos na alta sociedade recifense. O que contam é que não havia médico ou político na cidade que não tivesse o nome na sua carta de clientes.

Mas isso é uma outra história.

Na noite daquele vinte e nove de janeiro de dois mil e dois, o Prokhorov pai estava na sua mansão à beira-mar em Serrambi com duas garotas que, muito provavelmente, não somavam juntas os mesmos anos de vida que ele tinha.

Boris reinava naquela sala imensa ocupada por umas trinta pessoas. Movia-se entre os pequenos grupos conversando, rindo e brindando de vez em quando.

Tio Chico parecia muito à vontade, embora os outros estivessem juntos e acanhados num canto próximo à imensa porta de madeira maciça. Óbito Súbito não parecia acanhada, para falar a verdade. A sua expressão estava mais para o desprezo comedido, embora também pudesse ser apenas a sua costumeira dor de cabeça.

Heitor Nichilo percebeu que aquelas pessoas ali eram, em primeiro lugar, brancas demais para aquele sol do Recife. Antes de tudo, aquela gente parecia estrangeira. Em segundo lugar, a maioria era bem mais jovem do que ele, mais ou menos da idade de Sputnik, talvez um pouco mais velha.

Tudo filho de barão, cochichou Tio Chico ao seu ouvido.

Heitor Nichilo apenas balançou a cabeça em concordância, pegando o copo que o amigo lhe oferecia.

O que é?

Sei lá, bicho, deu de ombros Tio Chico, bebe aí.

A festa seguiu animada enquanto os quatro conversavam sobre um dos quadros da sala.

Disposta com certo protagonismo entre as demais pinturas exibidas no ambiente, pelo seu tamanho avantajado e pela moldura imponente cheia de arabescos entalhados na madeira, a pintura apresentava um velho careca e desesperado, ajoelhado sobre um rico tapete imperial e vestido num roupão preto, sobre o qual desfalecia um jovem, vestido num roupão salmão muito realista, com um ferimento grave na cabeça. Sobre o chão, perto dos dois, jazia um grande e longilíneo cetro pontiagudo.

Este é Ivan, o terrível, explicava Óbito Súbito. Ele matou o filho mais velho, Ivan Ivanovich, num acesso de raiva, se arrependendo logo em seguida. O quadro mostra esse momento de desespero.

Heitor Nichilo olhou para ela como se a tivesse visto pela primeira vez.

Tio Chico se tornara a sombra de Boris desde a sua chegada, falando com os outros apenas quando o anfitrião se aproximava do grupo em sua bem medida circulação pela sala.

Heitor Nichilo percebeu que a salinha formada pelos sofás era o lugar para onde se dirigia quem se interessava pelas substâncias dispostas sobre a agigantada mesinha de centro. Uma mulher baixinha falante e espoletada não saía dali. Ia de um a outro distribuindo pó, papeletes de ácido e comprimidos de sabe-se lá o quê.

Heitor Nichilo não conseguia tirar os olhos dela.

Tira o olho, aconselhou Vanja. Aquela índia é o braço-direito de Boris, o nome dela é Celia Rodriguez e ela é carne de pescoço. Uma vez ela quase atirou por aquela varanda ali um sujeito afoito que, depois de encher o cu de pó, botou uma das mãos no joelho dela. Se não fosse Boris, até agora o pessoal da limpeza estava tentando limpar o cara espragatado no chão feito uma barata pisada. Essa peruana é uma bomba chiando, meu amigo.

Tô de boa, disse Heitor Nichilo.

Agora, com distanciamento histórico suficiente, é fácil dizer que Heitor Nichilo deveria ter pulado fora dali no exato momento em que Celia Rodriguez cruzou o olhar com o seu e deu um sorrisinho quase sem mostrar seus grandes dentes muito brancos. Porém, como ele podia prever o que aconteceria naquela noite? Heitor Nichilo não era um cagão e, ademais, tinha muitos anos a mais do que Celia Rodriguez. Ele estava no controle de qualquer maneira, era o que ele pensava.

De repente, uma voz doce e suave cantando *my tea's gone cold i'm wondering why i got out of bed at all* que soava quase sub-repticiamente, ecoou e Boris ergueu o copo e propôs um brinde: como diz meu velho, ele disse, um homem precisa de meios para ser um homem e se não tiver esses meios, ele tem todo o direito do mundo de buscá-los onde estejam, seja quem for que os tenha sequestrado. Um brinde aos homens que não se curvam!

Todos brindaram com certo entusiasmo, menos Heitor Nichilo, que fingiu entusiasmo mas, naquele momento, já sentia que deveria sair dali o quanto antes, e Óbito Súbito, que prestou atenção ao que disse Boris e sabia que não era um homem.

A noite seguiu e as pessoas voltaram a falar alto.

A festa ainda nem começou, disse Tio Chico, passando pelo grupo e sentindo que os ânimos se deprimiam. Não quero ver ninguém morgado, daqui a pouco a gente sai daqui prum lugar ainda melhor.

Fato. Não deu nem dez minutos e Boris se pendurou no telefone. Conversou um pouco e convidou todo mundo dizendo *hoje é por minha conta casa fechada no chanteclair*

Até hoje ninguém sabe quem estava do outro lado da linha naquela noite. Quem poderia ter autorizado uma festa particular num edifício tombado pelo Instituto do Patrimônio Histórico e Artístico Nacional, vulgo Iphan?

Busquei registros de propriedade e tudo o que encontrei foi que o prédio pertence hoje à Santa Casa de Misericórdia, mas é gerido pela Realesis Empreendimentos, empresa responsável por administrar todo o complexo do Paço Alfândega, na ilha do Recife Antigo.

Cogitei a possibilidade de algum governante ter autorizado a festa particular.

Em conversa breve por telefone com João Paulo Lima, prefeito do Recife, na época, ele confessou não saber de nada sobre essa festa, da qual, aliás, tomava conhecimento naquele exato instante, por intermédio da minha ligação. Liguei para Jarbas Vasconcelos, então governador de Pernambuco, mas a secretária dele afirmou que ele não tinha nada a declarar sobre aquilo.

É certo de que se tratava de algum pistolão, mas quem? As teorias são muitas, as certezas são poucas.

Tenho a consciência de que essas palavras darão muito pano para mangas alucinógenas e paranoia, e talvez algum processo na justiça, porém, afirmo apenas o que sei, por meio de fontes documentais ou de relatos de primeiro grau, e não posso omitir do público nada sobre esse assunto tão marcante da história do Recife, sobretudo neste momento em que escrevo, quando a Netflix acaba de lançar uma série documental de tipo *true crime* chamada *O Caso do Hotel Jefferson*.

E o relato de primeiro grau das pessoas presentes, naquela noite, no Chanteclair, é a única fonte disponível sobre um momento crucial para os desdobramentos do caso, e tais relatos dão conta de uma festa mais ou menos comum nas noites *recifancys* do começo do novo milênio, porém com algumas particularidades.

A noite estava quente, apesar de uma chuvinha ter caído por uns quarenta e cinco minutos, pouco antes do Fiat Palio 2001 duas portas cinza perolado estacionar na rua Vigário Tenório, em frente ao Sindicato da Indústria do Açúcar e do Álcool no Estado de Pernambuco.

Entraram no palco da festa de Boris, um prédio histórico cercado por andaimes da empresa de restauração que levou quase vinte anos para entregar aquela obra apenas depois de o segurança de terno preto e fones de ouvido ler os seus nomes numa lista que surgiu ali sabe-se lá como.

O prédio estava em ruínas por dentro, não que por fora estivesse muito melhor do que isso, e toda a decoração da festa consistia nas paredes nuas e em dois holofotes, dispostos nos cantos esquerdo e direito do amplo salão, iluminando o ambiente. No mais, mesas de construção civil cheias de farpas prontas para entrar por debaixo da unha de algum desavisado e/ou alcoolizado demais para perceber que não deveria pousar as mãos ali, apenas instrumentos de trabalho. No caso, copos cheios de cerveja, uísque ou vodca com refrigerante.

Esse é dos míos!, gritou uma mulher, agarrando Heitor Nichilo pelas costas.

O sorriso de Heitor Nichilo logo foi desfeito pelo semblante de Bolão, de frente para ele, portanto vendo a mulher que o abraçava pelas costas. Vanja, um pouco mais adiante, conversando com Sputnik, virou-se para a cena visivelmente apreensiva.

Heitor Nichilo mirou as mãozinhas entrelaçadas na altura do seu estômago e começou a se dar conta do que o aguardava. Com agilidade e rapidez, Celia Rodriguez deu a volta em seu corpo e plantou-se diante dele dizendo *esta noche tu es mi hombre* e, enlaçando o seu pescoço com os braços, puxou-o para baixo e mordeu seus lábios com força.

Seus tapinhas carinhosos no rosto de Heitor Nichilo fizeram-no fechar os olhos, certo de que seus lábios sangravam.

Depois, ela foi se misturar com os outros no meio do salão.

Do outro lado da festa, Tio Chico olhava para ele e passava as pontas dos dedos da mão direita espalmada pelo pescoço, na altura do gogó, aludindo a uma possível decapitação, dizendo, sem emitir qualquer som, mas mexendo a boca o suficiente para tornar possível a leitura labial, *sa-i fo-ra é ci-la-da*

Cara, o Brasil vai dar um vexame nessa copa que a gente nunca mais vai se esquecer!, disse Bolão prum grupo de três pessoas cujos nomes não entraram para a história.

Duvido!, contrapôs Heitor Nichilo, se metendo na conversa. Meu velho, quem tem melhores jogadores do que a gente?

Essa não é a questão, discordou Bolão. A gente deu vexame na Copa das Confederações e na Copa América. A gente tomou um dois a zero de Honduras, bicho! Honduras! Eu não sei nem onde fica isso! A gente se classificou na peinha, no último suspiro, contra a Venezuela, que nunca participou de uma Copa do Mundo!

Sim, é verdade, disse uma das mulheres do grupo de três pessoas desconhecidas, mas tem um porém, Leão foi demitido, finalmente, e a gente pode contar com Ronaldinho.

É craque de bola, com certeza, concordou Bolão, mas ainda não disse a que veio, não foi provado em Copa do Mundo.

Quê?, desentendeu a mulher. Ah, sim, não estou falando do Gaúcho, Ronaldinho mesmo, o melhor do mundo.

Era o melhor do mundo, contestou Bolão. Era! Depois daquele piripaque antes da final de noventa e oito, nunca mais foi o mesmo, ainda por cima depois daquela merda que deu no joelho dele.

Aquela cena foi bizarra, confessou Heitor Nichilo, que, no entanto, não tirava os olhos de Celia Rodriguez, a mente indecisa entre o evidente perigo e a crescente tesão, amplificada, inclusive, pelo patente risco.

O chão do Chanteclair balançava um pouco ou era efeito do álcool misturado às muitas substâncias que circulavam por ali? Difícil saber.

O certo é que aquele salão repleto de ferramentas e tábuas de madeira crua e tijolos e toda a sorte de materiais de construção se parecia muito com uma instalação da última cena, clímax mais do que óbvio, de um filme de ação quando os assassinos policiais parecem a um passo da morte e da derrota mas, numa reviravolta pretensamente inesperada, acabam matando ou prendendo os bandidos assassinos.

Bicho, disse Vanja para Heitor Nichilo, tu já assistiu *O senhor dos anéis*?

Filme de fantasia não é muito a minha praia...

É outro papo, vei!, continuou ela. Aquilo ali é um puta simulacro da realidade, tá ligado? Você tem o senhor do escuro, Sauron, e seus exércitos de *orcs*, homens maus e toda uma miríade de seres malévolos, lutando para dominar toda a Terra Média, que nada mais é do que uma metáfora para a Terra, essa mesmo em que a gente tá pisando agora. Não te lembra nada?

Hum, considerou Heitor Nichilo, especificamente? Não.

Hitler, Stalin, Mussolini, Pol Pot *et cetera*, bicho!, espantou-se ela. Tu devia ter prestado mais atenção às aulas de História. Tanto faz. Presta atenção: a galera do bem começa a trama dividida e brigada: os elfos não gostam dos anões, os anões odeiam os elfos, os homens não se entendem, cada reino pro seu lado, os *hobbits* são tipo uns índios assim que vivem lá na deles e são todos inocentes como uns coelhos brancos de feira agropecuária.

E?, Heitor Nichilo prestava alguma atenção ao que dizia Vanja, mas seus olhos passeavam pelo lugar à procura de alguma coisa que ele não sabia muito bem o que era, mas, sabemos bem, essa coisa era Celia Rodriguez.

É uma metáfora pro período antes da Segunda Guerra Mundial, bicho. França e Inglaterra, que simbolizam os homens, brigadas e cheias de desconfianças, os povos ali da Europa, poloneses, austríacos, suecos, noruegueses e tal, vivendo como *Hobbits*, na mais completa paz e prosperidade e totalmente alheios ao que se passava na Alemanha e todo o resto do mundo vivendo dos seus próprios meios sem ligar lé com cré e ver que Hitler não se contentaria com o poder imenso que já tinha na Alemanha. O cara era tipo um *Darth Vader* da vida real. Pra completar, tem ainda Stalin, lá na União Soviética, que eu não consegui identificar quem seria. Talvez Boromir, que é homem, mas não é totalmente bom, porque ele quer usar o anel do poder de Sauron contra Sauron e é tipo Stalin querendo usar o seu poder tirânico contra outro poder tirânico, só que nazista, tá ligado? Mas não tenho tanta certeza quanto a isso...

É, pode ser, concordou sem muita convicção Heitor Nichilo. Eu não sou muito ligado nessas coisas fantasiosas assim, eu sou mais de filme realista, sabe? Preciso de verossimilhança.

Verossimilhança?, ironizou Óbito Súbito, unindo-se à conversa de repente. Depois de ver as Torres Gêmeas pegando fogo e desmoronando ao vivaço, na cara de todo mundo, na ilha de Manhattan, atingidas por dois aviões desses que levam milhões e milhões de passageiros pra lá e pra cá no mundo, tu quer exigir verossimilhança de um filme? A realidade atual é lisérgica, bicho!

Vei, issaqui tá estranho demais!, disse Sputnik, chegando por detrás de Vanja. Olha a cara dessa galera, vei, eles parecem saídos de outro mundo. Ou eles são ricos, ou alienígenas, ou os dois.

Para de noia, Sputa, riu Vanja. Aproveita a festa, cara. Quem sabe hoje não é o dia de tu descolar uma xoxota, hein?

Não tem ninguém que me interesse aqui, mentiu Sputnik.

Apois todo mundo me interessa aqui e hoje eu tô pique Renato Russo, gostando de meninos e meninas!

O DJ, de quem Heitor Nichilo só percebeu a presença naquele exato momento, aumentou o volume e despejou pelas caixas de som uma melodia eletrônica muito similar àquelas que povoavam os jogos do *Super Nintendo 16-Bits* e a voz metalizada de Madonna cantando *hey mister deejay put a record on i wanna dance with my baby* fazendo com que Vanja levantasse os dois braços pro alto, derramando aquela coisa indefinida que enchia o seu copo em cima de Sputnik e de Heitor Nichilo, e saindo em direção ao centro do salão berrando quase acocorada.

Qual é a dessa galera, vei?, perguntou Sputnik e Heitor Nichilo pensou que, talvez, aquela pergunta não fosse uma pergunta de verdade ou, sendo uma pergunta de verdade, não era exatamente dirigida a ele, mas à humanidade como um todo, conhecida historicamente por não responder a perguntas desse tipo.

Acho que eu tô velho pra caralho, confessou Heitor Nichilo.

Que é isso, cara?, espantou-se Sputnik. Tu conquistou a mulher que manda na porra toda aqui. Ela tá dizendo a todo mundo que tu vai ser dela essa noite!

Heitor Nichilo olhou ao redor com mais vagar do que tinha feito até aquele instante. De fato, vários caras olhavam para ele com caras de nenhum amigos.

Tô forinha, disse Heitor Nichilo. Tô forinha de encrenca pro meu lado.

Este caso, meu amigo, é tipo Saddam Hussein: não tem nada a ver com a parada do *World Trade Center*, mas, pode esperar, vai acabar com um *Tomahawk* enfiado no meio do seu cu.

Boto fé, disse Heitor Nichilo, observando, pela primeira vez, Óbito Súbito encostada numa das mesas, bebendo e olhando ao redor sem aparentar muito interesse. Um cara alto e muito magro com um rabo de cavalo diretamente saído de algum laboratório de computação, que projetava para si um futuro luminoso desenvolvendo algum *software* sem o qual ninguém mais conseguiria viver, aproximou-se dela.

De repente, bam! Um cara esbarrou no ombro direito de Heitor Nichilo e derramou toda a vodca na sua camisa.

Porra, meu!, reclamou ele. Tá cego?

Meu é o caralho, vei, fale feito homem!, ordenou o sujeito mal-encarado.

Do nada, brotou Celia Rodriguez no meio dos dois e, mesmo tendo quase a metade do tamanho do sujeito, enfiou-lhe a mão na cara, num tapa que estralou quase acima da música que tocava dizendo *to be a true player you have to know how to play if she stay a night, convince her stay a day never admit to a word when she say*

Ele es mi hombre!, gritou Celia Rodriguez. Meu! Compreendes?

O sujeito que esbarrou em Heitor Nichilo, que, para o bem da verdade, era quase um palmo maior do que ele, abaixou a cabeça e a balançou três vezes afirmativamente.

Tócalo de novo e tu terá que vértelas comigo!

A música se havia calado e quase todas as pessoas observavam a cena com apreensão.

Alguém más te molesta, mi amor?, perguntou Celia Rodriguez.

Não, nada, respondeu Heitor Nichilo, semicagado de medo.

Celia Rodriguez voltou ao centro da festa com um sorriso no rosto e o DJ fez soar mais uma vez a batida que animava toda aquela gente que ainda comentava sobre o *bug* do milênio dizendo *tá ligado que a gente viveu um momento histórico a gente pode dizer que sobreviveu ao bug do milênio* enquanto na Venezuela, ou seja, num país vizinho, um golpe de Estado era organizado pela embaixada estadunidense para tentar matar Hugo Chávez, plano esse que realmente saiu do papel alguns meses depois, mas não saiu como planejado.

Tenho que sair daqui, disse Heitor Nichilo para Sputnik.

É tarde pra isso, disse Óbito Súbito, chegando subitamente por trás dele. Ela contou pra Fred que amanhecerá o dia gritando tão alto que acordará todo o Hotel Jefferson!

Quem é Fred?, perguntou Sputnik.

Um caraí, disse Óbito Súbito.

Como ela sabe que eu tô no Hotel Jefferson?, boquiabriu-se Heitor Nichilo.

Cara, isso aqui é Recife, disse Bolão, juntando-se à turma. Um ovo, todo mundo sabe de tudo da vida de todo mundo, a capital mundial da boataria.

O melhor, considerou Tio Chico, brotando ao lado deles e abraçando Heitor Nichilo e Bolão pelo pescoço, é que Celia Rodriguez tá botando pó de graça pra todo mundo que é amigo de *su hombre*! O cara que hoje vai fazer o chão de Boa Viagem tremer!

Ah, moleque!, gritou Bolão. Só se for agora!

Mais uma vez, estavam Heitor Nichilo e Sputnik sozinhos num canto do salão, enquanto Vanja, Bolão e Tio Chico caminhavam em direção a uma mesa onde um cara, a mando de Celia Rodriguez, tinha preparado seis carreiras de um pó tão branco quanto o pelo do coelho de Alice. Óbito Súbito ninguém sabia onde estava.

Por que no queres?, perguntou Celia Rodriguez, aproximando-se e segurando o rosto de Heitor Nichilo pelo queixo. Es o mejor pó del Brasil!, quizás del Recife!

Não sei, disse Heitor Nichilo, após conseguir desgrudar a boca da boca de Celia Rodriguez. Sabe o que é? Pó não é muito minha praia, eu sou mais da *maryjane*, sabe?

Yo siendo tú, metería la nariz ahí, porque esta noche vas a necesitar mucha fuerza!, sussurrou alto Celia Rodriguez, num misto de lascívia e intimação perceptível a todos aqueles que, ao redor dos dois, chupavam a saliva naquele barulhinho típico que, geralmente, antecede o *vai dar merda*

Talvez a gente não deva destoar tanto da galera, julgou Sputnik.

Heitor Nichilo deu o raio ao mesmo tempo que Sputnik e ambos travaram quase no mesmo instante. Olho de vidro, língua correndo os lábios semi-dormentes, mãos inquietas, *pedes tremens* e coisa e tal.

Agora já era, meu parceiro, disse Tio Chico batendo no ombro de Heitor Nichilo. Ou tu faz essa mulher acordar Boa Viagem inteira essa noite, ou tu tá mais fodido do que Celso Daniel!

Tô fudido, meu amigo, considerou Heitor Nichilo. Que merda foi essa em que tu me meteu? Eu devia estar no hotel. Teresa já deve ter ligado mil vezes pra mim.

Relaxa, comparsa! Vai por mim, isso aqui vai ser a noite da tua vida! Quem conhece diz que Celia Rodriguez é só o filé do lado que o boi não deita...

E se...

Porra, Heitor! E se? Se tu brochar depois de aloprar a noite inteira com aquela mulher ali, meu parceiro, nunca mais diga por aí que é meu amigo.

Heitor Nichilo sentia todo o seu sangue fluindo para a cabeça errada e, naquele momento, trocaria, fácil, fácil, um ano de vida por um teletransporte do tipo *Jornada nas Estrelas*.

Ele estava sozinho num canto quando Óbito Súbito surgiu perguntando *quer que eu faça tu sumir daqui sem ninguém ver*

Claro! O que eu preciso fazer?

Se picar daqui quando todo mundo começar a gritar, recomendou Óbito Súbito. Ali perto do cais tem uns táxis. Vai pra lá e mete o pé daqui!

Como posso te agradecer?

Parando de ser um pau no cu que acha que vai se dar bem comendo alguma boyzinha cheia de vodca na cabeça a ponto de desconsiderar a sua visível objetificação, pra começar...

Heitor Nichilo viu Óbito Súbito se afastar e se misturar à multidão no centro do salão.

Ele foi se aproximando da porta e a festa continuava igualmente frenética quando, subitamente, alguém gritou *fogo* enquanto as labaredas já lambiam a parede oposta à porta pela qual todos entraram e por onde, naquele exato instante, saía em disparada Heitor Nichilo.

E esse foi o motivo do incêndio que tomou o prédio histórico tombado conhecido por Chanteclair, no Recife Antigo, enquanto o Jornal da Globo repercutia o discurso de George W. Bush no Fórum de Davos, na Suíça, quando o presidente dos Estados Unidos afirmou pela primeira vez que o Irã, o Iraque e a Coreia do Norte formavam um Eixo do Mal no mundo. A expressão seria usada em jornais e discursos ao redor do globo e se alargaria, incluindo cada vez mais países, até a queda de Muammar al-Gaddafi, em dois mil e onze, na Líbia, quando falaram em Eixo do Mal pela última vez, já no mandato do Nobel da Paz, Barack Obama, cujo governo bombardeou algum maldito e miserável canto do mundo em todos os ominosos dias de sua vigência.

Narrei até aqui somente aquilo que noticiaram as reportagens televisivas, escritas e faladas, com apenas alguns comentários laterais, como você pôde ler.

De resto, *ipsis literi*, fiel às fontes.

De agora por diante passo a narrar a partir de uma investigação original, não apenas das fontes jornalísticas, mas sobretudo de relatos e entrevistas de testemunhas oculares dos fatos narrados e de um longo e inédito testemunho da única pessoa que acompanhou os fatos do começo ao fim: Samenina Pedra, vulgo Óbito Súbito.

De resto, apenas algumas considerações secundárias que se fizerem necessárias para a melhor compreensão daqueles dias ou alguma correlação que não se evidencie apenas pela objetividade da narração dos fatos. Talvez seja importante também deixar posto, desde já, que todos os documentos consultados, com exceção do testemunho de Óbito Súbito, são públicos e podem ser encontrados no Arquivo Público de Pernambuco, no número 371 da rua do Imperador Pedro II.

Mas por que, alguém pode me perguntar, não seguir narrando a versão publicamente consolidada do *Caso do Hotel Jefferson*, como fez toda a cobertura jornalística na época e a recente série documental lançada pela Netflix?

Eu agradeceria a pergunta e diria apenas que o motivo é simples: o testemunho de Óbito Súbito. Após a saída de Heitor Nichilo da festa no Chanteclair, as testemunhas que se dispuseram a depor não mais colocaram o olho nele, de modo que apenas uma testemunha ocular de primeiro grau pode, de forma mais ou menos fidedigna, destrinchar os eventos daquela fatídica noite.

Samenina Pedra, vulgo Óbito Súbito, já havia deposto no processo aberto para julgar Celia Rodriguez e já havia dado entrevista para o blogue *Apenas a Verdade*, de Rafael Sevandija. Porém, nunca a levaram a sério o suficiente para ser considerada uma fonte confiável. Era, na época, uma adolescente e, na vida adulta, ela se tornou, digamos assim, uma forma de vida alternativa alheia aos padrões socioculturais vigentes.

Todavia, se aprendi algo nesta vida de enxerimento na vida alheia e intervenção poética sobre a verdade dos fatos, é que as palavras têm sempre significado, ainda que sejam palavras bêbadas e/ou entorpecidas. Há sabedoria em não adentrar certas veredas da vida de cara limpa. Deus, Filosofia e/ou casos concernentes à Vara de Família, alguma abstração soberana se faz necessária para lidar com o lado ossudo da vida.

Por último, mas não por isso menos importante, registre-se que o intuito de desfilar ponderações diante do frio narrar dos fatos, coisa que farei aqui e acolá, é apenas para dar um toque de singularidade, uma piscada literária de quem lhes conta a história, o que em nada altera o meu compromisso de me manter no meu posto de observador imparcial e desinteressado dos acontecimentos aqui trazidos, mais uma vez, à tona.

Podia ter gravado um *podcast* ou escrito um roteiro de documentário, como outros fizeram. Preferi a palavra escrita, a qual você dará a entonação que quiser ou puder. O meu interesse na história é o mesmo interesse seu: descobrir e registrar a verdade dos fatos ocorridos naquele infausto vinte e nove de janeiro de dois mil e dois.

Além do mais, não há uma única verdade neste mundo que não possa ser melhorada pelo gênio humano.

Por todo o caminho entre o Cais de Santa Rita e o Hotel Jefferson, Heitor Nichilo tentou repassar os eventos daquela noite e colocar a cabeça no lugar a partir deles, porém, o seu intento foi bastante prejudicado pelo taxista, Adamastor Leão.

Tá gostando do Recife?, perguntou ele.

Sim, respondeu Heitor Nichilo. Eu morei aqui por alguns anos, quando era novo, mas depois voltei pra São Paulo e fiquei por lá.

Ah, então não deve estar reconhecendo a cidade. Issaqui mudou demais...

É, disse Heitor Nichilo, pensando *onde caralho tu foi se meter dessa vez heitor nichilo*

Heitor Nichilo pensava em Teresa. Coitada. Em casa, provavelmente, ligando uma, duas, dez vezes para o hotel sem encontrar o marido que, àquela altura, deveria andar num sono solto mas que, por motivos de fogo no rabo, não dormia. O pior é que teria de mentir sobre tudo. Como explicar aquele monte de merda que lhe preenchia a cabeça?

Tu mora em São Paulo?, perguntou o taxista.

Sim.

Ali é uma cidade, viu? Fui lá uma vez visitar uns parentes. Todo mundo aqui tem algum parente em São Paulo, né? Tudo funciona: metrô, empresas, uma cidade limpa e, acima de tudo, uma cidade onde bandido não se cria.

Não é bem assim, contestou Heitor Nichilo. Lembra da rebelião do PCC, ano passado? Vinte e sete presídios em pé de guerra, os caras tinham granadas, metralhadoras, fuzis e se comunicavam por celular, cara!

Heitor Nichilo já imaginava o *paiger* com duzentas mensagens de Teresa.

Mas issé culpa da imprensa!

Ãh?

Lembra do Carandiru?, perguntou o taxista. É daquele jeito que a polícia tem que tratar marginal, bicho! Fleury estava certo e a imprensa caiu de pau em cima dele. Os caras estão se matando uns aos outros, cheios de regalias, porque subornam os carcereiros, que ganham uma miséria. Bicho, tem cela lá dentro que é melhor que a minha casa! Televisão, geladeira, colchão d'água, tevê a cabo e os caralho!

Não é assim também, contrapôs Heitor Nichilo, sem muita firmeza, no entanto. Uma das reclamações dos caras é justamente esse tipo de tratamento, digamos, não republicano.

É uma guerra, meu amigo, e uma guerra não é bonita, justificou Adamastor Leão. Aliás, vários dos caras que morreram naquele dia foram mortos pelos próprios comparsas pra botar a culpa na polícia, mas a imprensa não vai dizer isso porque isso não vende jornal e se pegar um desses juizinhos safados que tem por aí, hum, vão acabar prendendo os policiais e até o governador.

Ex-governador.

Isso.

Tu já viu um governador ser preso no Brasil?, questionou Heitor Nichilo.

Issé verdade, concordou o taxista.

Enquanto o silêncio se instalava nos cinco vírgula seiscentos e quarenta metros quadrados do Uno Mille um ponto zero *Fire* 2002, Heitor Nichilo observava as prostitutas da Avenida Engenheiro Domingos Ferreira, pensando *por que eu não posso ser como os homens normais*

Issaqui, por exemplo, retomou Adamastor Leão, é um descalabro! O governo tinha que regulamentar isso, saca? Veja bem, não sou contra as meninas, pelo contrário, acho que os fins justificam os meios e, se elas precisam sobreviver de alguma forma, por que não essa?, mas no meio da rua? Basta cair a noite que elas se espalham por aqui e aqui ficam até quase pela manhã, indo e vindo de motéis da região. Passam mães de família e crianças nesta avenida, qual o exemplo que estão dando? Não sou nenhum puritano, mas acho que o governo tinha que fazer algo para tirá-las das vistas das mulheres de família e das crianças, concorda?

Concordo, disse Heitor Nichilo, desejando chegar o mais rápido possível no Hotel Jefferson e pensando *preciso ir proutro hotel ela sabe onde eu tô sexta entrego o contrato do cara a paulo andré e meto o pé daqui*

Eu sou taxista, mas também sou escritor, disse Adamastor Leão, procurando por algo no porta-luvas de cabeça baixa, enquanto Heitor Nichilo, dizendo *olha a pista* trincando os dentes, se segurava no banco, e o taxista dizia: tá tranquilo, cara, tá tranquilo.

Ainda mais essa, pensava Heitor Nichilo. Só tem maluco nesta cidade!

Eu aproveito as paradas na fila lá no Cais de Santa Rita, continuou Adamastor Leão, entregando para seu passageiro um livro intitulado *Confesso que bebi*, de autoria dele mesmo, ou as paradas no meio da noite num posto de gasolina pra me informar pelo rádio ou para ler alguma coisa, sabe?, daí surgem ideias...

Enquanto o taxista discorria sobre algumas de suas ideias pouco ortodoxas, para usar a expressão que passou pela cabeça de Heitor Nichilo, ele folheava o livro, intrigado.

Não vivemos uma guerra?, questionou o taxista. Olha, se eu largar o senhor aqui mesmo, entre essas meninas, o senhor tá fodido! Se elas mesmo não passarem o canivete no senhor, os marginaizinhos que infestam a madrugada fazem o serviço. É isso que a imprensa ainda não percebeu: a gente vive na porra de uma guerra civil e aqui não é *Gotham City*, aqui não tem Batman!

Heitor Nichilo, pensando *puta que o pariu* e sem querer discordar do sujeito que dirigia o carro, mas também com vergonha de concordar sem reservas, disse apenas: é.

Veja mesmo o caso da filha de Silvio Santos, comentou Adamastor Leão, no momento em que o táxi parou diante do Hotel Jefferson, segurando Heitor Nichilo por mais dois minutos nessa conversa sem fim. Os marginais sequestraram a menina e conseguiram o resgate porque Silvio Santos é muito rico. Diga-se de passagem: um cara que saiu da pobreza mais pobre do que eu e chegou no topo dos ricos do Brasil, talvez do mundo, não é pouca coisa. A polícia não fazia a menor ideia de onde a filha do cara estava. Aliás, a polícia tá sempre um passo atrás da bandidagem, não tem o que fazer, até nos filmes, pode ser a polícia, o FBI ou o que for, estão sempre no rabo dos bandidos. Aí, não satisfeitos, alguns dias depois, sequestraram o próprio Silvio Santos. O governador, aquele Alckmin, teve que ir lá pra botar moral e encerrar a conversa. Mas veja só você: qualquer um de nós jamais conseguiria bater um papo com um governador, é até difícil ver um governador se não for pela televisão, mas um marginal não apenas conversa com um governador, como negocia. Negocia! Um país desse não pode ir pra frente é nunca!

É verdade, concordou Heitor Nichilo, enquanto contava as cédulas e passava o valor ao taxista, apenas para se livrar da conversa e subir logo para o seu quarto. Pode ficar com o troco.

Só mais uma coisa, disse Adamastor Leão, quando Heitor Nichilo já estava na calçada. Acho que cada um acredita no que quer. Aí no meu livro o senhor vai encontrar uma reflexão muito interessante sobre isso, na crônica *Mosquinhas de banheiro*.

Heitor Nichilo continuava parado diante do taxista. Não porque estivesse ouvindo o que ele dizia, mas porque naquele instante, subitamente, se lembrou do cabo da pistola que viu pendendo na cintura de Celia Rodriguez e suas pernas perderam o poder de reação.

Pra simplificar, continuou o taxista, é o seguinte: eu já tô com sessenta e um, sabe? Já viajei por esse Brasilzão inteiro e, posso afirmar categoricamente: tem mosquinha de banheiro, aquelas que parecem um coraçãozinho cinza, em todos os banheiros desse país, certo? Tenho um primo que mora no Paraguai e ele disse que lá também tem. Todo turista que entra nesse táxi, eu pergunto e ele responde: lá na gringa tem também, em todo banheiro.

É, tem mesmo, disse Heitor Nichilo, talvez interessado onde aquilo tudo daria.

Então, se você pensar direitinho, deve ter muitos bilhões de mosquinhas de banheiros a mais do que seres humanos no mundo.

Hum.

Pois é, filosoficamente, se a gente se colocar no lugar das mosquinhas de banheiro, digo, se a gente pensar que o mundo é das mosquinhas de banheiro, chegaremos à conclusão óbvia de que, do ponto de vista delas, o ser humano é apenas um bicho enorme, inconveniente e chato pra caralho.

É verdade, concordou, sinceramente, Heitor Nichilo.

Um abraço, amigo, despediu-se o taxista.

Um abraço.

Depois de passar como um rato molhado fugindo da chuva pelo saguão do hotel, Heitor Nichilo, enfim, entrou no quarto sete do Hotel Jefferson.

Todo aquele papo sobre putas, chacinas, governadores e mosquinhas de banheiro o deixara com uma fome avassaladora, mas ele sabia que, àquela hora, a única coisa que conseguiria seria uma ou duas barras de chocolate no *frigobar* à sua frente.

Mordendo um Talento de chocolate ao leite com amêndoas e passas de oitenta e cinco gramas, ignorando toda a crise pela qual passava a Garoto, que dali a alguns dias seria vendida para a Nestlé, numa transação que, até hoje, enquanto escrevo, permanece nebulosa, para dizer o mínimo, Heitor Nichilo começou a jogar todas as suas coisas dentro da mala, enquanto discava nove no telefone do quarto.

Recepção, boa noite, falou uma das atendentes do hotel de quem não sabemos o nome.

Boa noite, respondeu Heitor Nichilo. Alguém me ligou?

Não, senhor, disse a atendente. Não há nenhum registro de ligação aqui.

Tem certeza?, perguntou Heitor Nichilo. Talvez a pessoa que estava antes de você não tenha anotado...

Estou aqui desde as oito, senhor.

Hum, tá certo então. Muito obrigado.

Ao reposicionar o telefone no gancho, Heitor Nichilo franziu a testa pensando *não é possível ela deve ter ligado enquanto a atendente fazia outra coisa esses serviços estão cada vez piores mesmo as pessoas cada vez mais relapsas e*

Lembrou-se do *paiger*. Fechando a mala, pegou o aparelhinho hoje obsoleto de dentro da gaveta e constatou: nenhuma mensagem. *Mas que porra* ele pensando e pá!

Perplexo, Heitor Nichilo viu entrar pela porta nada mais nada menos do que Celia Rodriguez, visivelmente alterada ou, melhor dizendo, com as palavras que vieram à cabeça dele naquele instante, com o cu cheio de cocaína e raiva.

Caçar solo aumenta mi deseo!, ela disse, mirando Heitor Nichilo com uma volúpia evidente.

Como você conseguiu entrar aqui?, ele perguntou.

No existem grades, portões ou segurança para la passión!

Dizendo isso, Celia Rodriguez atirou-se por sobre Heitor Nichilo que, atônito, ficou imóvel, todo o corpo duro, de repente.

Todo o corpo não...

Ela o imobilizou trepando em cima do quadril dele e, segurando os seus braços pelos punhos, com as suas mãos pequeninas porém firmes e fortes, riu.

A vontade muitas vezes ignora as proporções e vence pelo ímpeto e audácia, como nos ensina a lenda bíblica do mirrado rei Davi contra o gigante Golias e a sua versão brasileira *Herbert Richers*, a Copa dos Campeões daquele mesmo ano de dois mil e dois, vencida pelo Paysandu em disputa contra os riquíssimos e multicampeões clubes do Sudeste brasileiro, como o Flamengo, Fluminense, Vasco da Gama, Corinthians, Palmeiras e São Paulo, além do Atlético Mineiro, do Cruzeiro e do Grêmio, aliás, também contra o Náutico.

Que porra é essa?, perguntou Celia Rodriguez ao enfiar a mão direita por dentro das calças dele e encontrar um pênis flácido e diminuto para o tamanho do homem em que estava montada.

Não é isso, explicou Heitor Nichilo, recolhendo-se subitamente na cabeceira da cama diante da expressão confusa de Celia Rodriguez. Olha, você é linda, muito gostosa e tudo e tal, mas a noite foi intensa e eu ainda estou processando tudo.

E é a primeira vez que acontece, né?, ironizou a mulher, sentando-se ao pé da cama de costas para Heitor Nichilo e suspirando profundamente.

Sem conseguir ver o seu rosto, ele começou a se preparar para o pior, imaginando que ela estivesse numa espécie de Ritual Introspectivo de Alinhamento de Chacras Pré-assassinato.

Você tá chorando?, ele perguntou, ao perceber que as suas costas davam aqueles tremeliques típicos.

Se você contar isso pra qualquer pessoa, eu te mato, ela ameaçou.

Heitor Nichilo, confuso, puxou um dos quatro travesseiros da cama para o seu colo e arregalou os olhos para a nuca da mulher. Aos poucos, Celia Rodriguez voltou-se para ele e ele pôde ver o seu rosto molhado que gritava perigo.

Toda vez isso, bicho?

Isso o quê?

Vocês homens não sabem lidar com uma mulher que tem poder nas mãos.

Sem saber o que dizer, Heitor Nichilo apenas olhava para Celia Rodriguez tentando não esboçar qualquer reação brusca. O risco era evidente.

Eu sou a braço-direito do maior traficante dessa cidade, posso matar quase qualquer um só apontando o dedo, mas não posso ter o homem que eu quero porque vocês só ficam de pau duro pra mulheres que parecem submissas! Por quê, Heitor Nichilo, por quê? Porque vocês são uns merdinhas que acham que a gente é brinquedo de vocês!

Eu não penso isso de você, disse Heitor Nichilo, tentando pacificar a conversa.

É melhor mesmo dizer que não pensa, disse Celia Rodriguez.

Os olhos de Heitor Nichilo pousados no cabo cromado com detalhes em madeira de uma *Desert Eagle* carregada com munição ponto quarenta e quatro *Magnum*, produzida em mil novecentos e noventa e oito pelas *Israel Military Industries*, modelo de fama mundial obtida por meio de sua atuação em *Comando para Matar (1985)*, nas mãos de Arnold Schwarzenegger, e, naqueles dias, popularizada pelo jogo de computador *Counter-Strike*, lançado em oito de novembro de dois mil.

Heitor Nichilo apertou ainda mais o travesseiro, segurando-se sabe-se lá em quais forças do universo presentes naquele aglomerado de algodão, poliéster e penas de ganso produzidas na China.

A verdade é que eu sou uma fraude, Heitor Nichilo, confessou Celia Rodriguez. O meu nome é Salustiana Barreto e eu nasci em São José de Espinharas, a mais de seis mil quilômetros do Peru.

Heitor Nichilo, pensando *mas que caralho* e deixando o interesse vencer o instinto de sobrevivência, como o gato morto pela curiosidade de que nos conta o dito popular, perguntou: e esse papo de Celia Rodriguez?

There's no business like show business, meu caro Heitor. É bom para os negócios, esses playboyzinhos daqui de Boa Viagem adoram pensar que o pó vem daquelas bandas de lá e não conseguem diferenciar Peru e Colômbia nem se estiverem com a fuça metida num mapa.

Mas você tem, não sei se posso dizer isso sem parecer preconceituoso ou qualquer coisa do tipo, veja, não me entenda mal, cara de peruana.

Uma bisavó materna era boliviana e sei lá porque foi bater em Piancó, de onde meu bisavô materno a tirou e levou pra Cajazeiras, onde minha mãe nasceu e viveu até conhecer o meu pai, que a levou para São José de Espinharas, onde tinha um sítio. Dizem que sou a cara dela, mas nunca vi uma foto sequer da velha. Ou foi isso, ou tem a ver com um caixeiro-viajante colombiano que viajava por aqueles sertões vendendo fumo de corda, cachete, brilhantina e tudo o mais que lhe caísse nas mãos, mas isso pode também ser maledicência, fofoca.

Caralho, Celia, digo, Salustiana...

Não se incomode por isso, disse Salustiana enxugando as lágrimas no lençol da cama. São águas passadas, embora pareça que eu esteja destinada a isso mesmo: ser Salustiana, a mulher que um homem quer para casar, inocente, submissa, ou ser Celia Rodriguez, a mulher com a qual nenhum homem pode lidar, que só vê um pau duro se o cara tiver uma pistola maior que a dela.

Eu pensei que você e Boris...

Boris? Aquele nazistinha jamais chegaria perto de uma mulher com os bicos dos peitos escuros, meu bem.

Eu sinto muito, disse, sinceramente, Heitor Nichilo.

Até quando?, ela perguntou. Sente até amanhã ou depois, até o medo passar e tu nem lembrar mais da minha existência. Adeus, Heitor Nichilo, e se você levantar a bunda daí pra me impedir de ir embora, vai ficar com um buraquinho no meio dessa testa covarde.

Não havia passado pela cabeça de Heitor Nichilo impedi-la de fazer qualquer coisa, muito menos de sair dali e deixá-lo sozinho, momento pelo qual ansiava com todas as suas forças, porém, ao ouvir essas palavras saindo da boca dela, ficou em dúvida se deveria ou não tentar impedi-la pensando *muitas vezes uma mulher diz uma coisa querendo dizer exatamente o contrário* e isso acelerou seus batimentos cardíacos e, apesar do ar-condicionado ligado em dezessete graus, ele suava muito.

Heitor Nichilo teve de se segurar para não se mijar todo de tanto alívio, quando viu a bunda de Salustiana Barreto deixando o seu quarto e batendo a porta atrás de si com um estrondo.

Ele suspirou e fechou os olhos tentando se acalmar, pensando *eu juro deus eu juro que nunca mais me meto numa dessas juro que a partir de agora e pra sempre vou me contentar com o que pintar e se não pintar nada eu vou me contentar do mesmo jeito e vou ficar na minha eu juro juro mesmo* mas não deu tempo de jurar mais nada, pois, com outro estrondo, Celia Rodriguez invadiu o quarto gritando *joda-se* e apontou a pistola para a cara de Heitor Nichilo, dizendo *no voy correr lo risco de usted contar sobre mi por ahí* mas antes que ele pudesse dizer que jamais contaria sobre ela para ninguém e que, pelo amor de Deus, poupasse a sua vida, ela tropeçou no falso tapete persa *made in India* disposto embaixo de uma mesinha de centro feita em MDF lá em João Alfredo e meteu a cabeça num simulacro de escultura de arte contemporânea na época de sua reprodutibilidade técnica produzido em pedra porosa elegante e bem talhada e reproduzido em milhões de peças idênticas nalgum lugar da China, do Vietnã ou de Bangladesh e vendidas em Tok & Stoks de todo o mundo Ocidental, e logo o sangue espesso de sua cabeça escorria e se espalhava pelo chão.

Corta!

OS TESTEMUNHOS

Roberto Samango (65), investigador aposentado da Polícia Civil de Pernambuco, poeta laureado e membro da Academia Pernambucana de Letras (APL) | Depoimento a este autor no dia 06/05/2021

Naquela época, Roberto Samango tinha vinte anos de delegacia de homicídios e já havia visto de tudo quando foi designado pela chefia da Polícia Civil de Pernambuco para o *Caso do Hotel Jefferson*. Um jornalista, um tal de Orlando Beleguim, do Diário de Pernambuco, em uma reportagem do dia trinta e um de janeiro de dois mil e dois, assim me descreveu:

"Roberto Samango (45) é um homem calado e meticuloso. A sua respiração compassada fica entre a calma da consciência imperturbada e a frieza do raciocínio mordaz. Ele é o designado pelo secretário Gustavo Lima (57) para investigar o curioso *Caso do Hotel Jefferson* e promete: 'Este caso é a prova da força da poesia de Augusto dos Anjos, quando ele aconselha o leitor a apedrejar a mão vil que o afaga e a escarrar na boca que o beija'. É preciso dizer, Roberto Samango é poeta e um dos membros mais destacados da Academia Pernambucana de Letras (APL)."

Era mais ou menos isso que dizia o jornalista, ou quase, mas o que importa é que esse era o tom adotado pelo Diário de Pernambuco, o mais antigo jornal em circulação na América Latina, três dias depois daqueles eventos. Aqui em Pernambuco, Roberto Samango é conhecido por sua discrição e pouca afeição aos holofotes, como bom cabralino que sou, mas talvez seja importante para o caso anotar que, desde o princípio, era, para mim, cristalino como a água pura, que se tratava de um caso de conluio e traição.

Se você resgatar as entrevistas que dei, na época, para os jornais, verá que, apesar de seguir à risca o manual de investigação, sem deixar transparecer qualquer detalhe que pudesse prejudicar a investigação, Roberto Samango já se orientava no caminho certo para o sucesso da resolução do caso.

Por isso, talvez, Tatiana, a diretora da série da *Netflix*, recortou o meu longuíssimo depoimento e o transformou na linha de força que une toda a narrativa documental, assim como a experiência de Gabriel Joaquim dos Santos conduziu o olhar de Eduardo Coutinho em seu *O fio da memória (1991).*

Considere-se também que, apesar de Roberto Samango não ser um dos protagonistas daquela noite lamentável, eu não apenas era um observador privilegiado como, a partir da condução da minha investigação, foi possível identificar quase todos os envolvidos no caso.

Mas isso já é outra história, nem precisa gravar.

Quando li aquele perfil traçado por Orlando Beleguim, primeiro me incomodei um pouco com os elogios gratuitos à minha poesia, pois estou sempre alerta para um possível deboche vindo dos jornais, uma vez que a ironia é o traço fundador e fundamental da imprensa brasileira, sendo Machado de Assis a máxima expressão desta linha de força da cultura pátria, além da má vontade costumeira com os homens da lei. Depois, pensei no inconveniente que seria toda aquela exposição para o bom andamento da investigação.

Sabe como é, entre nós, poetas, ainda paira a sombra de Carlos Alberto de Sá Magalhães.

Macedo, um dos meus subordinados no *Caso do Hotel Jefferson*, opinava que, desde aqueles porra-loucas do *Pasquim*, a gente tinha que ler um elogio sempre ao contrário para ver se não tinha ironia no meio das palavras.

Macedo não é exatamente um homem de letras, mas tem lá a sua astúcia. Diferentemente de Sérgio Rodrigues, vulgo Delé, que era puro furor e anabolizantes de origem duvidosa. O que ele gostava mesmo, nas palavras dele, é claro, pode abrir aspas aí, era de "pegar aqueles neguinhos que batiam carteira pelo centro da cidade e transformá-los em anjinhos".

Bom, de todo modo, gostando da gente ou não, a imprensa tem que nos engolir, porque somos nós que geramos notícia pra eles, né? Sem bandido, sem miséria, crime, sem putaria, vai sobrar o quê pra encher página de jornal pra inteligentinho ler? Além disso, quando eles têm seus celulares furtados ou algum parente sequestrado recorrem a quem? Isso mesmo, a nós.

Enfim, estou digressando, desculpe-me, manterei o foco daqui por diante.

O seguinte é esse, para resumir a ópera, aquele hotel era uma grande confusão e havia uma barafunda dos diabos quando Roberto Samango pôs seus pés nele pela primeira vez. O que as câmeras mostram é a mulher um, de nome Salustiana Barreto, famosa entre a polícia por seu codinome Celia Rodriguez, traficante e assassina perigosa e audaz, parando diante da porta do quarto sete, onde estava hospedado o homem um, Heitor Nichilo e, logo em seguida, entrando pela porta sem aviso. Um minuto e trinta e sete segundos depois chega a mulher dois, que eu não revelarei o nome porque, na época, era menor de idade, mas se você jogar aí no *Google* logo saberá quem é. Ela põe a mão em concha no ouvido e encosta a cabeça na porta por alguns segundos e depois volta para o saguão do hotel pelo elevador. Aí a mulher um, Celia Rodriguez, sai do quarto sete batendo a porta e quase tropeça com o homem dois, que até hoje não foi identificado, as imagens daquela época nem sempre eram precisas. Eles se olham por quase um minuto, mas, aparentemente, não trocam qualquer palavra. Então, ela volta ao quarto sete e, antes de passar pela porta, saca uma pistola. Não se ouve tiro algum e, dez minutos depois, o homem um, Heitor Nichilo, sai correndo do quarto sete com uma mochila nas costas e deixando para trás roupas, um *paiger*, cem mil reais em notas de cem em uma mala preta e Celia Rodriguez com a testa aberta e sangrando no chão para morrer. O sistema de vigilância do hotel, por sorte, pegou tudo isso, mas sofreu alguma interferência pelos cinco minutos seguintes e não foi possível ver mais nada. Infelizmente, dentro dos quartos não há câmeras, portanto, o que sabemos desta cena é isso. Agora, pelas câmeras do saguão do hotel, podemos ver o homem um, Heitor Nichilo, surgindo atarantado de dentro do elevador e passando pela recepção como um raio. A mulher dois, a tal, na época, menor de idade, levanta-se calmamente e segue o seu rastro.

Para onde, era o que Roberto Samango precisava, então, descobrir, a partir dessas poucas e nebulosas pistas. Uma traficante que teve a cabeça aberta por um objeto de decoração se esvaindo em sangue em um tapete de quarto de hotel, um produtor cultural em fuga sabe-se lá para onde, uma adolescente que aparentemente nada tinha a ver com o caso, mas que intrigantemente apareceu em dois pontos cruciais daquele evento.

Contudo, não seria um grande desafio para Roberto Samango, que, naquela época, tinha vinte anos de delegacia de homicídios e já tinha visto de tudo.

Valério Oliveira (55), professor de criminologia da Faculdade de Direito do Recife (FDR) | Declaração à edição do dia 02/02/2002 do Jornal do Commercio

Ainda não podemos vaticinar (a existência de crime). Qualquer alusão à palavra crime, aqui, constitui uma ilação leviana, uma vez que a existência de crime pressupõe a concorrência de três elementos, a saber, a tipicidade, a ilicitude e a culpabilidade. Sendo a tipicidade a previsão legal de um tipo penal, ou seja, o ato constitui crime segundo a lei? Se sim, há tipicidade. A ilicitude do ato pode ser excluída, dentro das hipóteses previstas em lei, como, por exemplo, a legítima defesa que, se for comprovada, exclui a ilicitude e não podemos chamar o ato de crime. A culpabilidade nada mais é do que a possibilidade de imputar o ato, suposto crime, ao seu agente. Se for impossível fazê-lo, o sujeito é inimputável, ou seja, não se pode condená-lo pelo que fez, por ele ser jovem demais para ser responsabilizado por seus atos ou não ser competente cognitivamente do ponto de vista jurídico ou, ainda, em outros casos previstos na letra da lei. Em suma, é preciso haver a reprovabilidade do ato, ou seja, não havendo algum desses elementos, há elemento criminoso, mas se não houver todos os três elementos, não há crime.

Whindersson Nunes (27) - @whindesson - comediante, youtuber, cantor, compositor e ator | tuíte do dia 31/08/2020

Meu twitter se resume em: mas por que diabos eu to lendo *thread* de confusão de gente q eu não conheço?

Irene Alves Nichilo (72), socialite e filantropa | depoimento a este autor no dia 04/03/2022

Meu irmão deu muito trabalho aos meus pais, a começar pela mania de chupar pregos enferrujados. Aliás, quanto mais enferrujado fosse o prego, mais ele chupava.

"O meu coração é uma bomba!", era o tipo de coisa que ele dizia. A culpa era daquele gibizinho do *Homem de Ferro*.

Quando ele tinha uns dez anos, onze talvez, ele descobriu esse homem de ferro. Meu pai, Homero Nichilo, que Deus o tenha, zele e guarde, viajava com frequência para os Estados Unidos e, vendo a febre do menino pelo gibi, decidiu que era o jeito de ensinar inglês a ele. Daí, passou a trazer as revistinhas.

É óbvio que meu irmão virou o rei dos amiguinhos, né?

Ele sabia e narrava para os amigos as aventuras do *Homem de Ferro* que ainda não tinham chegado ao Brasil. Desde o nascimento até as lutas contra os principais inimigos. Para os amigos não, Heitorzinho narrava aquela porcaria pra qualquer um que não fosse surdo e desse bobeira perto dele. Eu mesma decorei a história toda, desde a prisão do herói pelos vietcongues, quando ele desenvolveu a sua armadura fantástica no meio da selva com materiais roubados dos russos, até o momento em que o tal do Tony Stark virou uma espécie de bilionário pacifista, o que desencantou demais o meu irmão.

"Ele derrotou o *Mandarim* e o *Bárbaro Vermelho*, mas e o *Homem de Titânio*? Não tem motivo pra desistir de fabricar armas!"

Meu pai ria daquela revolta infantil, mas eu e minha mãe, a gente achava aquilo tudo meio perigoso. Ele até tinha deixado de chupar prego.

O menino ficou triste demais por tempo demais.

Hoje eu dou risada, mas, na época, estávamos com o coração na mão.

"Estragaram o personagem", dizia ele, já mais velho, anos depois.

Porém, não foi só na cabeça que o *Homem de Ferro* o desajustou. O excesso de ferro no sangue gerou uma insuficiência cardíaca, da qual ele nunca se recuperou, e uma pré-diabetes que botou minha mãe paranoica e a obrigou a controlar a alimentação de todo mundo dentro de casa em função do filho preferido. E digo preferido sem qualquer mágoa ou trauma, que fique muito claro. Ele era o único filho homem, não é?, então, é natural que ela tivesse essa predileção. Eu e minha irmã, mais nova do que Heitorzinho sete anos, filha da velhice da minha mãe, sabíamos e achávamos tudo uma graça.

O problema é que isso tudo piorou muito as relações dentro de casa. Nessa época, eu casava com Jorginho, que o Diabo o carregue e embale nas profundas abissais do inferno, portanto, saía de casa, mas ainda consegui acompanhar o melancólico ocaso da casa Alves Nichilo. Meu pai culpava a minha mãe por permitir que o menino chupasse pregos e minha mãe culpava a nossa babá, uma injustiça que causou a sua demissão após trinta anos de serviços prestados à família Nichilo. A babá, coitada, não tinha a quem culpar, e eu estava muito feliz de deixar aquele inferno, mal sabendo eu que apenas saía do primeiro círculo, caindo direto no segundo círculo do inferno, um mundo de vício inerente, luxúria e traição.

Para se ter uma ideia da tortura que foi a minha vida ao lado daquele *playboy* que todos hoje adoram e acham folclórico, quando eu engravidei pela primeira vez e me encontrava na décima-terceira semana, ele simplesmente pegou um avião e foi para Porto Alegre, de lá pegando um carro para Triunfo, apenas para acompanhar as filmagens de *Um certo Capitão Rodrigo (1971)*.

Ele nem justificou nada pra mim, apenas acordou, um belo dia, e disse "preciso acompanhar umas filmagens no Rio Grande do Sul, volto em breve" e partiu. Depois eu soube que ele foi atrás de Sônia Dutra, um caso antigo dele. Quem não gostou nada nada do circo que ele armou por lá foi Anselmo Duarte, diretor do filme, mas ele lá queria saber disso?

Não queria saber nem de mim que tinha tirado o Nichilo e assumido o Guinle!

Isso para não falar de Rita Hayworth, uma mulher que Jorginho nunca esqueceu, apesar de ela ter ficado velha demais pra ele. Falava dela o tempo todo, era um saco. Ele era tão fissurado naquela mulher que desafiou Manuel Puig para um duelo, algo já bastante *démodé* naquela época, quando do lançamento do livro *A traição de Rita Hayworth (1968)*, que nem falava de traição nenhuma. Aliás, há apenas uma menção a ela em todo o livro, mas como ele quase não lia e como se achava o dono da atriz na América Latina, cometeu esse vexame, no mínimo, como um minúsculo Otelo, que se achava cosmopolita e *bon vivant* mas que não passava de um babão tupiniquim.

O ano era o de 1969 e Jorginho era conhecido demais para desafiar um homem para um duelo e isso não ser notícia de televisão. No dia 30 de outubro, armas empunhadas pelos dois varões assinalados, a Globo cobriu o espetáculo, veiculando-o em rede nacional. Dizem que até o presidente Emílio Garrastazu Médici, que Deus o tenha e guarde em bom conforto do descanso dos justos, parou pra assistir a refrega. Jorginho não matou Manuel Puig, mas o acertou de forma decisiva no ombro direito, de modo que o outro não conseguia mais empunhar a arma e, por esse motivo, deu-se por vencido. Um episódio parecido com o daquela música *Faroeste caboclo*, que eu acredito ter sido totalmente inspirada no caso do Jorginho contra Puig. A Legião Urbana contou a mesma história só invertendo a classe social e a cor das personagens, o que é revolucionário, de um certo ponto de vista, se você pensar que essa tendência só virou moda agora, tantos anos após a morte de Renato Russo.

Eu sofri o que o Diabo renega na mão daquele homem. Quando fiquei muito velha para ele, ao completar vinte e cinco anos, no ano em que Jorginho completou cinquenta e seis, ele me abandonou.

Foi melhor assim. Sem aquele abandono eu não teria voltado para São Paulo e o Marechal não teria entrado na minha vida.

Enfim, isso aqui não é sobre mim, mas sobre Heitorzinho, né? Um menino que chupava pregos e era fanático pelo *Homem de Ferro* que se transformou em um belo jovem que organizava as melhores festas de São Paulo.

Carlos Pio Trinado (39), tuiteiro, especialista em documentários true crime e vereador na cidade do Rio de Janeiro | depoimento a este autor no dia 21/03/2022

Os cascos dos cavalos batendo no solo demasiado mineral faiscavam na escuridão como as forjas celestiais que construíram as cordilheiras do mundo ou como as caldeiras do Diabo a forjar as tormentas eternas onde mergulharão os soberbos e gananciosos e vaidosos e bumbuns gulosos até o fim dos tempos. O Altíssimo habitava os corações daqueles cavaleiros em toda a sua coragem e fúria. Eles se abnegaram da vida que poderiam ter tido na Europa e, pela cruz de Cristo e pela coroa do Rei Pedro segundo, o Pacífico, vieram para nesta terra plantar e colher o seu sustento e esta terra defender de agressores, estrangeiros ou não. Homens pacíficos como o Rei, mas também terríficos em sua cólera. A sua luta foi a toda hora renhida e nem sempre leal e justa, como sói na vida acontecer, e estes homens sabiam que não podiam combater os forasteiros invasores se não aumentassem em número, força e presença os homens bons deste país. Homens que souberam, desde o princípio, que não poderiam ocupar a terra com suficientes homens bons se não fizessem antes uma limpa no terreno. Por isso, veio a ordem do Rei ecoando todas as ordens de todos os Reis e de todos os Papas: exterminem todos os brutos. Eles muito se empenharam e, se não completaram a tarefa, como fizeram os norte-americanos, feriram de morte o inimigo, que ficaria com uma chaga ardente em carne viva por séculos e séculos. Estes homens lutaram sempre que foi preciso e nunca capitularam, pois os povos que desdenham as virtudes e não se preparam para uma eficaz defesa do seu território, de seus direitos e de sua honra, expõem-se às investidas dos mais fortes e aos danos e humilhações consequentes da derrota. É a lei do mundo, a lei do mais forte. Porém, foi justo quando nossa honra estava mais dominante e os nossos valores se espalhavam pelos quatro cantos do mundo, que os homens decaíram, abrindo mão da vigilância e da prontidão, deixando que a vida pública fosse dominada pelos mais moralmente anêmicos e pelos mais incompetentes e medíocres, que, no seu afã pelos vícios e pecados, elegem sempre como líderes os mais corruptos e venais, ameaçando todo o empreendimento civilizatório. Que lugar quer o Brasil no mundo quando abraça, por meio da mídia comunista e suas *Fake News*, o marxismo cultural propagado pelos poderosos da globalização? Em vez de se alinhar com os valores ocidentais, eleva índios e quilombolas à categoria de deuses inquestionáveis, estragam as mulheres ensinando-as a odiar os homens honrados e subvertem as religiões com um comunismo visceral. Até o Papa é de esquerda! Todavia, os homens bons e fortes começam a despertar e a resistir contra a ignomínia e a abjeção moral e é questão de tempo para extirparmos os homens fracos do poder e passarmos, mais uma vez, a conduzir o nosso povo à grandeza e à independência que seu destino manifesta por força e graça de sua própria natureza. Isso já começou, sob a liderança do Pai, mas irá muito além, quem viver, verá. Eis a nossa história, é assim que este pedaço de terra ermo e quase desabitado tornou-se Brasil. Resta a cada homem escolher entre ser um homem bom e forte que desperta e resiste ou um homem fraco que, na melhor das hipóteses, é covarde e mulíebre o suficiente para dar-se ao domínio de outros homens. Não tem meio-termo quando é a liberdade que está em jogo, porque entre a vida e a liberdade, a mais importante é a segunda. Heitor Nichilo, como mostram todos os documentos históricos, era o arquétipo perfeito do homem fraco. A entrevista de Samenina Pedra comprova o que digo, pois a verdade é que, se não fosse ela, ele não teria sequer chegado a sair do Recife. Além disso, ele intuía várias dessas verdades que digo aqui, mas a sua resposta não era o combate, mas a melancolia. Ele sabia que um homem deve ser dominante e pegar tudo o que quer se tiver forças para mantê-lo em suas mãos, porém, era fraco demais para pôr em prática as suas crenças. Já Roberto Samango não, como toda a sua trajetória comprova, é um homem do primeiro tipo: um homem livre, que realmente sabe o que está em jogo aqui. Para mim, as linhas de força dessa história, mal narradas pela *Netflix*, que, afinal, é globalista e, em última análise, marxista, passam por aí. Por exemplo, se você pegar a forma como Roberto Samango descobriu a ligação entre Heitor Nichilo e a mala encontrada no dia 29 de janeiro de 2002 naquele quarto do Hotel Jefferson. Um grande mistério que ele desvendou, apesar da mídia sempre desvalorizar o trabalho policial e, até agora, colocar dúvidas sobre as suas conclusões apenas para gerar engajamento e, é claro, grana preta. O fato é que, não fosse a sapiência de Roberto Samango, em um trabalho policial exemplar, esse crime estaria até hoje sem solução e esquecido. Depois a patota de sempre escondida em quartos escuros até os quarenta e nove do segundo tempo melou tudo, como sempre fazem, aliás. É do jogo. O problema é que há certos fulanos por aí, fofoqueiros, que querem inventar uma nova interpretação para a entrevista de Samenina Pedra, que supostamente revelariam coisas desabonadoras da imagem de Roberto Samango, para tentar criar narrativas e enganar a nação. Aliás, a própria autenticidade dessa entrevista não é cientificamente comprovada, afinal, ela era menor de idade quando a concedeu. Engraçado, né?, uma mulher de 16 anos não é considerada adulta o suficiente para a prática do coito com um homem adulto, mas é adulta o suficiente para a gente acreditar nas suas palavras, ainda que, ou seria principalmente se?, as palavras forem contrárias a um agente da lei em plena capacidade das suas funções. O mundo está ao contrário e ninguém reparou. Mas o que é o fofoqueiro, né? O fofoqueiro dos últimos anos nada mais é do que um vagabundo com planos deflagrados, um pau mandado sem testosterona e que revela a cada dia a sua incapacidade intelectual verdadeiramente exposta devido à falha da antiga bajulação do cargo que ocupava. Mas isso não vem ao caso, é posterior. A questão é de princípio: tudo o que sobe desce e tudo o que vem vai, fiquem sabendo...

Luciano Huck (51) - @LucianoHuck - apresentador de televisão e ex-candidato em atividade | tuíte do dia 13/06/2020

Apanho dos extremos político. Deixo a minha zona de conforto quando me posiciono e enfrento a polarização. Mas está valendo. Pq as soluções não vão vir por geração espontânea. Todos precisam participar. E como cidadão cá estou.

Roberto Samango (65), investigador aposentado da Polícia Civil de Pernambuco, poeta laureado e membro da Academia Pernambucana de Letras (APL) | depoimento a este autor no dia 24/05/2022

Eu não posso dizer com precisão o que aconteceu dentro daquele carro que saiu cantando pneu do estacionamento do Hotel Jefferson, mas nós podemos reconstituir a cena do lado de fora por meio de relatos de dois policiais que o perseguiram em uma viatura e por algumas câmeras de segurança de alguns estabelecimentos comerciais.

Posso supor que Heitor Nichilo e a menor de idade que o acompanhava viam prédios, asfalto, postes e pessoas misturando-se uns aos outros numa desordem de cores e consistências que só podiam fazer sentido vistas de dentro de um carro cantando pneu e arrancando numa cena de fuga ou de dentro de um liquidificador ligado na sua máxima rotação, ou, ainda, nas sinapses de um cérebro poético-surrealista.

"Caralho porra caralho puta que o pariu eu matei uma mulher porra puta que o pariu caralho caralho caralho", é o que imagino que ele tenha gritado no exato momento em que saiu do Hotel Jefferson.

Os dois devem ter ficado com um baita medo de serem pegos, mas, pelo depoimento que prestou a menor de idade, desconfio que ele ficou desesperado e ela não.

Uma curva muito fechada a mais de cem quilômetros por hora e pouca perícia do motorista para lidar com tais condições de aceleração e força centrípeta quase concorreram para que o carro invadisse a Pracinha de Boa Viagem, o que, àquela hora, causaria umas mais de dez mortes e muita comoção popular.

A câmera pegou o carro saindo da derrapagem pela Conselheiro Aguiar e, depois, pessoas correndo para a igrejinha, pois o carro quase soçobrou. Muitos no local viram a cor e a marca do carro, um Gol 2000 duas portas preto perolado, alugado no primeiro dia de Heitor Nichilo no Recife, e perceberam que ele estava em fuga, ainda que não pudessem saber de quem nem por quê.

Dentre essas pessoas havia dois policiais militares circulando perto da igrejinha, cumprindo o seu duro dever e defendendo com amor as vidas dos cidadãos. Eles correram para a viatura, iniciando uma perseguição curta mas sem a qual teríamos perdido o rastro dos fugitivos naquele exato momento de uma vez por todas e Roberto Samango não poderia ter resolvido o caso.

Meu agradecimento a esses bravos servidores.

"O que a gente vai fazer agora?", teria gritado Heitor Nichilo, segundo a menor de idade.

"A gente?", ela teria perguntado. "Sei lá, para o carro aí em qualquer lugar que eu vou descer".

"Já entendi, já entendi. Tu tá em choque!", teria considerado ele.

"Quê?", teria se espantado ela.

"Não faz sentido, se eu te deixar aqui vão te prender...", ele teria afirmado.

"Eu sou menor de idade", teria confessado ela para o espanto e desespero dele, muito provavelmente.

A viatura e sua sirene que, até o instante anterior à frase de Heitor Nichilo deviam ser apenas ouvidas, agora eram visíveis, pois se haviam aproximado, pelo que pude constatar com as fitas da câmera de segurança do *Hotel Recife Palace*, que, hoje em dia, é o *Grand Mercure Recife Boa Viagem*, ou seja, eles tomaram a Ernesto de Paula Santos para pegar a Avenida Boa Viagem.

"Eu tô fodido, matei uma mulher e sequestrei uma adolescente!", teria dito Heitor Nichilo, desesperado.

"Tu não me sequestrou, eu que te segui e entrei no carro antes de tu conseguir dar a partida", teria contradito a menor de idade.

É importante e até forçoso dizer que eles tinham passado, já então, por uma noite regada a drogas e música ruim. Não é possível dizer quanta droga ingeriu a menor de idade na presença de Heitor Nichilo e de outras pessoas em idade de responsabilização penal, ou seja, adultos. Além disso, eu não acredito totalmente na palavra da menor de idade quando ela diz que Heitor Nichilo não sabia que ela se dirigia ao quarto dele naquela noite, uma vez que este tipo de procedimento com fins de consumação erótico-libidinosa é algo deveras comum nestes meios, o que deve servir de alerta a pais que não querem ser surpreendidos com uma filha adolescente embuchada dentro de casa. Ah, conste que, apesar de menor de idade, ela já tinha idade de consentimento, então, apesar da imoralidade da provável conjunção carnal que se desenrolaria no quarto sete do Hotel Jefferson, caso Celia Rodriguez não tivesse ido até Heitor Nichilo fazer o que foi feito e ele não a tivesse golpeado com um objeto de decoração, o hipotético ato não constituiria um presumido crime.

Ademais, dispo-me do manto da corporação para vestir a túnica inconsútil do poeta, e afirmo, sem medo de errar, que apesar de ser muito comum a prática de se aproveitar de "novinhas", por homens de meia-idade como Heitor Nichilo, nada pode descartar a ocorrência de uma paixão súbita. Afinal, o que é o Amor? Dante foi cirúrgico e potente ao pôr um ponto final em sua *Divina Comédia (1321)* com o verso "o Amor que move o Sol e as mais estrelas". Referia-se, Dante, a Deus, quando falava de Amor. Eu, tantos séculos depois, tomo licença poética à doutrina cristã para perguntar: e não seria o Amor um Deus capaz de mover céus e terras, mares e oceanos, terrenos ou celestiais? O Amor quando acontece, meu amigo, nenhuma força deste mundo pode desacontecê-lo. Por isso, mesmo odiando o crime e o criminoso, quando a motivação é passional, identifico-me com o algoz-vítima, que por mais cruel que tenha sido com a sua mulher, por exemplo, demonstra um sofrimento de amor de que só os corações mais puros são capazes. Identifico-me porque Roberto Samango também é um romântico incorrigível e já passou pelas suas quando estava em idades de.

Mas voltando ao nosso tema: os dois carros já passavam dos cento e quarenta quilômetros por hora quando se aproximaram do terceiro jardim de Boa Viagem.

Heitor Nichilo, naquele instante, deve ter visto pelo retrovisor a apreensão nos rostos dos dois policiais que o perseguiam. Apreensão essa relatada nos testemunhos dos dois homens junto à sua corporação. Presumo isso porque foi ali que ele puxou o freio de mão e deu um cavalo de pau, entrando, não sem algum esforço do peso do carro sobre o tríceps, imagino eu, na contramão da rua Professor Osias Ribeiro, o que ficou registrado na câmera de segurança do Edifício Casa Alta, localizado naquela esquina e também conhecido pelo apelido carinhoso de *piano de cauda*, pelo seu formato onduladamente modernista.

A viatura que os perseguia tentou antecipar a manobra, mas o motorista não conseguiu sincronizar os pés e as mãos suficientemente rápido para escapar da colisão com um dos postes erigidos do outro lado da avenida Boa Viagem.

Foi assim que Heitor Nichilo se livrou da viatura que os perseguiu naquela noite de 29 de janeiro de 2002.

A partir daqui, a reconstituição baseia-se unicamente no depoimento da menor de idade que acompanhava o assassino de triste sorte.

"Não vamos por aí", teria dito a menor de idade, apontando o sentido Pina da Conselheiro Aguiar. "Vamos por ali", teria orientado, apontando para a Praça Cidade do Porto, na lateral da qual o carro teria virado, seguindo a Senador Hélio Coutinho para sair pela Domingos Ferreira no sentido Piedade.

"Pronde a gente está indo?", teria questionado o homem.

"Você tem que ir à Delegacia de Boa Viagem e contar o que aconteceu, é o único jeito", ela disse que disse.

"Não!, eu não posso ser preso, isso acabaria com a minha vida!", ela disse que ele disse.

"Você matou aquela mulher?", ela disse que perguntou a ele.

"Não, eu nunca matei ninguém", ela disse que ele respondeu.

"Então...", ela disse que considerou.

Porém, o diálogo que eu acredito ter acontecido é muito diferente desse que acabei de relatar apenas para apresentar o outro lado e não ser parcial.

"A gente tem que sair da cidade, senão tu vai preso. Fomos perseguidos indo prum lado, vamos agora pro outro", ela teria dito, na verdade.

"E para onde vamos?", ele teria perguntado, na verdade.

"Vamos pra Jaboatão e lá a gente pega a Estrada da Batalha e vai pro interior do estado pela BR-101!", ela teria dito, na verdade.

As diversas câmeras de segurança nesse caminho que eles efetivamente fizeram o comprovam.

Yuri Pires (36) - @yuripirz - hexacampeão mundial de esconde-esconde | tuíte do dia 22/08/2022

Qual é a definição conceitual do funeral? Trata-se do momento que antecede o enterro de uma pessoa morta, uma preparação afetivo-espiritual para o enterro. Ou seja, tudo antes do enterro, desde o momento em que se nasce até o momento em que se morre, tudo é um grande funeral!

François Bagulho (42), YouTuber e tuiteiro e militante do PCC (Partido da Casa de Caetano) | depoimento a este autor no dia 06/01/2021

Olha, essa história toda é muito bizarra, muito bizarra mesmo. Das histórias que eu já cobri no meu canal, sem dúvidas, essa está no *top* 10 das mais bizarras. Mano, é tipo aqueles filmes que você saca a cena desde o início e já se liga que vai dar merda, sabe?

Vamos lá: um casamento fracassado, uma mulher precisando de ajuda e acolhimento, problemas mil com álcool, um cara com uma carreira em declínio, provavelmente com muito problema no casamento, até porque a mulher, professora universitária, carreira consolidada e tals, num contexto machista, a chance de o cara ficar ressentido, com o ego de macho ferido é gi-gan-tes-ca, mas isso a gente não sabe, apenas supõe, porque a esposa dele nunca deu declarações sobre o caso, mas, tomando pelo que geralmente acontece, é isso mesmo, mais um marido egóico, ciumento e mal-resolvido, típico caso psicanalítico, mano, com muitas semelhanças com Bentinho.

Sabe o Dom Casmurro, o Machado de Assis e tal? Pronto.

O choque de masculinidade ressentida e violenta que estava prestes a explodir, finalmente, explode. Bum!, o cara sai por aí fazendo merda junto com adolescentes e uma galera barra pesada.

Crônica de uma tragédia anunciada, parafraseando aí, né?, o García Márquez.

Mas essa história todo mundo já conhecia e, por isso, não tinha mais interesse público. Para mim, o mais animal dessa série da *Netflix* será a revelação da conversa entre os dois, a menina, que era menor de idade, e o Heitor Nichilo. Para além da produção, né? Mano, não há nada em que a *Netflix* ponha a mão que não vire ouro. É o Rei Midas dos *streamings*.

Tenho certeza de que será um trabalho meticuloso, porque o depoimento da Samenina estava guardado a se-te-cha-ves nos arquivos da polícia e ninguém nunca tinha conseguido entrevistá-la porque, até ontem, ela não falava com ninguém sobre o caso. Mas a *Netflix*, no *teaser* de divulgação da série, anunciou a entrevista com ela e mostrou imagens dela depondo para eles.

Hoje, ela é uma mulher adulta, registre-se. Aliás, já dá pra dizer o nome dela, né? Pois é, a *Netflix* já abriu pro mundo, na real, então, tudo bem, o nome dela é Samenina Pedra e ela tem um apelido impressionantemente revelador, dada toda a situação caótica e perigosa em que muita gente se envolveu naquela noite. Chamam a menina de Óbito Súbito, mano!

Menina não, perdão, mulher.

Eles fugiram de uma viatura policial por alguns minutos e depois seguiram, sem mais percalços, até o Parque Histórico Nacional dos Guararapes, onde, não sei se você sabe, mas foi dentro desse parque histórico, mais pre-ci-sa-men-te no Morro dos Guararapes, que nasceu o Exército Brasileiro, nas Batalhas dos Guararapes, durante o processo de expulsão dos Holandeses.

Isso é impressionante!

Essas informações são todas fruto de uma pesquisa histórica que fiz para gravar o vídeo do meu canal no *YouTube* cujo título é *Bizarrice! e Absurdo! O Caso do Hotel Jefferson esclarecido!*, onde exponho as ligações entre os envolvidos no caso e os eventos históricos relacionados aos lugares-chave de toda a trama.

A própria *Wikipédia* já diz tudo:

"A Igreja de Nossa Senhora dos Prazeres dos Montes Guararapes, templo barroco situado no topo do morro, guarda os restos mortais de André Vidal de Negreiros e João Fernandes Vieira, dois dos heróis das batalhas ali travadas."

Ou seja, toda aquela área é um gigantesco ja-zi-go! Um túmulo, uma tumba imensa, onde estão dois guerreiros da expulsão dos holandeses do Brasil. Os dois eram senhores de engenho brancos, né? Na época da construção do parque histórico, as pessoas não tinham tanta atenção à representatividade, talvez por isso outros líderes daquele movimento, como o Henrique Dias, um negro filho de africanos libertos, e o Filipe Camarão, denominado "capitão-mor de todos os índios (sic) do Brasil", segundo a *Wikipédia*, não tenham seus restos mortais enterrados no lugar que os tornou celebridades históricas. Hoje em dia, talvez, esse detalhe não passasse despercebido. Não consta nada sobre a cor dos que foram enterrados na cripta durante a ditadura, né? Então, também não dá pra saber.

Enfim, mas isso não é o nosso assunto aqui.

O fato é que Samenina demonstrou uma maturidade muito além daquela que o Heitor Nichilo acumulou, sendo que ele tinha quase o triplo da idade dela, sabe? Claro que é importante considerar aqui a imposição social do machismo estrutural sobre as mulheres, para que elas amadureçam muito mais rápido do que os homens, que possuem o privilégio de serem meninos eternamente, fazendo praticamente as mesmas coisas que faziam na adolescência, de modo que, pensando bem, os dois eram quase da mesma idade, mas, mesmo assim, a gente ainda se espanta, né?

Eu me espanto!

O tempo inteiro, Samenina disse ao Heitor Nichilo para ele explicar tudo à polícia. Se ele tivesse feito como ela orientou, teria sabido que a Celia Rodriguez não tinha morrido e, muito provavelmente, o desenrolar dos acontecimentos seria outro. Além disso, por mais que, num primeiro momento, a polícia tratasse o cara como suspeito, qualquer julgamento o inocentaria, uma vez que não havia provas suficientes para prendê-lo.

Aliás, em seu depoimento durante a investigação do caso, a Celia Rodriguez, que, na verdade, chamava-se Salustiana Barreto e não era peruana de je-i-to-nen-hum!, era paraibana, confessou ter tropeçado no tapete e batido a cabeça no centrinho do quarto.

Além disso, quando o Heitor Nichilo mergulhou naquele turbilhão de pessimismo e desespero, mais tarde, naquela madrugada, Samenina segurou a onda até onde pôde, demonstrando que ele podia enfrentar tanto um possível processo quanto um provável julgamento social. E ela estava certa! Se fosse hoje não, né?, com as redes sociais e tudo o mais, se ele assumisse seus erros, principalmente os erros com a sua esposa, e fizesse uma confissão pública, se propondo a mudar o seu comportamento, talvez doando uma grana para instituições de combate ao machismo, ou algo do tipo, não importa, ele seria mas-sa-cra-do. Bom, também caras que fizeram coisas muito piores, tipo o Johnny Depp e o Polanski foram perdoados, então, sei lá, vai que.

O negócio é que o cara tava zoado, mais desequilibrado que aquela P-36 da Bacia de Santos.

Enfim, foco: uma coisa que eu ainda queria dizer é do acontecimento mais peculiar da fuga dos dois. Se a história toda não fosse tão trágica, poderia até ser engraçado. Aliás, ponto para a Tati, a diretora do documentário da *Netflix*, que filmou uma reconstituição pri-mo-ro-sa dessa cena. Você fica sem saber se ri da cena e, se você ri, fica pensando se deveria estar rindo daquilo, sabe? Negócio de gênia!

Ah, preciso dizer, aliás, esse livro sairá depois da série, né?, tudo bem, preciso dizer que tive acesso a cenas soltas do documentário por ser amigo pessoal da Tati.

Essa cena é de quando eles ficam presos num pequeno trânsito causado por uma *blitz*.

Desculpa, não consigo não rir quando me lembro disso.

De repente, todo mundo parado na fila, dois policiais conferindo documentos e usando o bafômetro. O outro lado da pista a todo vapor, carros, ônibus, caminhões passando. Aí, um terceiro policial puxa a pistola e dá um tiro pra cima, abrindo os braços em todas as direções da estrada. Imagina aí a sinfonia de freadas bruscas. Rolou até uma pequena colisão e o quase ca-po-ta-men-to de uma carreta que vinha por último numa fila de cinco carros. Aí o policial corre até o meio da pista e abraça um saco de pão marrom.

Mano!, um saco de pão!

Aí desata a rir e tentar falar algo numa fala engasgada e aguda impossível de compreender. Imagina, todo mundo desceu dos carros. A galera olhava estarrecida pro policial.

Aí vem o melhor, mano, a justificativa do policial: ele pensou que era um vira-lata caramelo atravessando a rua correndo!

Imagina as pessoas sem reação. Pessoas que acabaram de quase se acidentar vendo o policial que quase causou um enorme acidente rindo pra cacete como se estivesse conversando numa sala fechada com Snoop Dogg e Cheech & Chong.

A carreta não capotou, mas quase saiu do eixo. A pequena colisão deixou um dos carros atravessado na pista e a outra pista já formava uma aglomeração igual à da fila parada pela *blitz*.

A Samenina conta que o Heitor Nichilo não conseguia tirar os olhos da cena. Estava ali, um cara procurado por tentativa de assassinato, de boca aberta, sem acreditar naquilo. Imagina!

Aí o policial rodoviário caminha devagar até a carreta e de lá até o carro atravessado na pista e conversa com todas as pessoas envolvidas com calma e paciência, embora as pessoas não estivessem no mesmo espírito sereno.

Por último, os policiais acabam liberando todo mundo.

Um falso vira-lata caramelo salva um cara procurado de ser preso e quase causa um acidente ca-tas-tró-fi-co, mano! Tem algo mais Brasil do que isso?

Gabriela Prioli (36) - @GabrielaPrioli - advogada criminalista, professora universitária, comentarista política, apresentadora de televisão e muito sabida | thread do dia 26/08/2020

Recentemente pedi cuidado para que a intolerância não nos faça intolerantes. Hoje vejo uma acusação se transformar em condenação para apontar a hipocrisia da fé e peço atenção para a coerência. A presunção de inocência não pode ser invocada apenas para proteger "os nossos".

É uma história estranhíssima, concordo, mas me aflige esse desprezo aos direitos fundamentais quando, aparentemente, nos convém (aparentemente pq a conveniência é uma ilusão, garanto).

Roberto Samango (65), investigador aposentado da Polícia Civil de Pernambuco, poeta laureado e membro da Academia Pernambucana de Letras (APL) | depoimento a este autor no dia 21/07/2021

Eu imagino aquele Gol 2000 duas portas preto perolado deslizando pela Domingos Ferreira até passar pela segunda delegacia de polícia de Boa Viagem e pelo tradicionalíssimo Bar do Grêmio, do meu amigo Lidio Turmina.

Não é curioso que haja um bar dedicado ao Grêmio *Foot-ball* Porto Alegrense, há trinta e seis anos, diga-se, em uma cidade distante de Porto Alegre, a cidade natal do clube, três mil seiscentos e cinquenta e um quilômetros, onde, três anos depois dos eventos daquela noite do dia 29 de janeiro de 2002, ocorreria um dos eventos mais marcantes de sua história, a Batalha dos Aflitos contra o Clube Náutico Capibaribe, um dos grandes clubes da capital pernambucana?

Há quem não acredite em eventos cármicos, mas eu sempre acreditei que há mais coisas entre o céu e a Terra do que podem imaginar as nossas filosofias, como muito bem apontou Shakespeare.

Por falar em filosofia, permita-me uma breve digressão.

Heitor Nichilo não era um homem conservador, disso não restam dúvidas, ele era produtor cultural, organizador de festas onde, como é comum, havia uso de drogas, embora as drogas de sua época de organizador de festas fossem brincadeira de criança perto do que existe hoje, casado com uma professora universitária feminista, como também é o mais comum, e bastante liberal quanto as suas posições artísticas, basta observar as músicas que embalavam as suas festas. Contudo, era, inquestionavelmente, um homem de família, casado há décadas, pagador de seus impostos e animador de um mercado importante para a economia brasileira.

Talvez fosse um homem de bem, porém, perdido em um momento crucial da vida de um homem, quando advém os quarenta e tantos anos. São anos difíceis, quando o homem ainda está em plena forma mas já percebe o declínio que se anuncia.

Então, ele fraqueja, e nessa fraquejada, o que acontece? Ele passa a conviver com o submundo, mete-se em uma pândega cheia de gente de índole duvidosa em um prédio público e se põe em contato com ideologias exóticas. Aliás, até o presente momento ninguém sabe de quem partiu a autorização para aquela festa no Chanteclair, porém, o que é sabido por todos é que, em 2002, o governador do estado era Jarbas Vasconcelos, que hoje é socialista, e o prefeito do Recife era João Paulo, petista radical.

Nenhum dos dois sabiam de nada, como sempre...

Nós, investigadores, acostumados a ligar pontos aparentemente desconectados, cujos pensamentos possuem uma estrutura narrativa muito peculiar, uma vez que somos habituados a estabelecer correlações onde a maioria das pessoas enxerga apenas fatos desconexos, sabemos muito bem que coincidências são tão raras quanto uma rima perfeita em um poema de João Cabral de Melo Neto.

Por isso, nunca me permiti ver assim o local da festa e as possíveis autoridades autorizantes e a presença de comunistas, como Emiliano Souza Funes Bri, vulgo Sputnik, e a própria menor de idade que acompanhou Heitor Nichilo em sua fuga. Tínhamos ficha dos dois nos arquivos da polícia: ele, pego pichando muro na Rua do Príncipe, nas imediações da Universidade Católica de Pernambuco (UNICAP), antro comunista há décadas; ela, detida durante uma invasão da secretaria de educação, quando tinha apenas catorze anos e era presidente de grêmio estudantil.

Foi em companhia dessas duas figuras que Heitor Nichilo entrou para a História, invadindo locais públicos, drogando-se pesadamente, coisa de que não tínhamos notícia antes em sua vida, e quase matando uma traficante.

Não sei como você enxerga isso, mas, no momento em que Roberto Samango pôs os olhos nestas conexões pensou: "marxismo, degradação moral e crime, uma relação ontológica". Por isso, meu ensaio, publicado em três línguas, que figurou como o texto mais lido no ano passado no portal do *Instituto Ludwig von Mises Brasil (IMB)*, tem exatamente este título.

A linguagem muitas vezes tem disso, certo? Uma súbita iluminação de um momento epifânico ecoa de tal forma na alma poética que ela traduz aquilo em uma torrente de pensamentos e reflexões cirúrgicas que desaguará, em algum futuro próximo, em uma síntese lapidar e bem acabada e potencialmente incontornável.

Depois que o cara caiu em desgraça, todo mundo colocou a culpa nele, né?, porque assim é a vida: pra subir num pedestal, todo mundo empurra, mas pedestal não tem escada e, quando vem a queda, ninguém te ampara.

Entretanto, urge anotar que Heitor Nichilo possui atenuantes em sua conduta. Primeiro, apesar da aparência quase cadavérica da mocinha em questão, ninguém pode dizer que ela não tinha os seus predicados. Debaixo de toda aquela roupa preta, devia haver uma linda mulher em formação. Segundo, eu que passei apenas uma hora na presença dela, quando de seu depoimento, já queria me matar, então, com ele, que passou uma noite inteira ouvindo aquela murmuração macambúzia, não seria diferente.

Enfim, trocando em miúdos, porque todas as grandes verdades universais são simples e cristalinas como a água pura, é o que qualquer pai de família sabe de cor: más companhias podem corromper até o coração dos mais puros filhos diletos.

Teresa Palmeira Nichilo (60), professora da Escola de Comunicação e Artes (ECA) da Universidade de São Paulo (USP), escritora e artista multimídia | palavras ditas ao telefone a este autor no dia 27/06/2022

Não me meta em assuntos de Heitor. Não é pedir demais que vocês tenham um mínimo de dignidade e deixem-me em paz.

Franciel Cruz (52) - @fsmcruz - pós-graduado em dança do rato com especialização em ingresia e notório saber em caosfonia | tuíte do dia 01/02/2019

Perfis visivelmente fakes, se dizendo de esquerda, falando os maiores absurdos, propagando ódios gratuitos contra pessoas que nem famosas são, só pra causar tumultos.

É, a estratégia da Caosfonia tá a todo vapor. E a galera tá comendo pilha aqui. Vamos se ligar aê, na moral.

Daniel Berzinjenski (59), youtuber, streamer e podcaster | depoimento a este autor no dia 31/07/2022

Acompanhei a carreira do Heitor desde o começo. Sou três anos mais novo do que ele e fiquei de cara quando o broder surgiu organizando as festas mais bem frequentadas da Vila Madalena. Não podia ser em melhor hora, o clima tava pra lá de pesado na fefeleche, onde eu cursava Letras. Só se falava de política e alguns caras ruins de *vibe* pichavam tudo que era beletrista que não condenava o governo em seus escritos, uma patrulha ideológica pesadíssima, um negócio assim meio deprê.

Aquela época era foda, broder...

O Heitor Nichilo era um cara diferente. Quando olhei aquele cara que falava quatro línguas e não tava nem aí pro que os universitários pensavam dele, que nunca sequer prestou vestibular, que só queria ganhar a vida fazendo a alegria da moçada, pensei *taí o tipo de revolucionário que eu posso seguir* e, desde o começo, comecei a colar em todas as festas dele.

Era assim: você chegava na festa e, primeiro de tudo, só tocava aquilo que estava em alta na gringa. Nenhum livro de História conta isso, mas foi o Heitor Nichilo que fez a gente pirar em *ABBA*, *Blondie* e nada mais nada menos do que *Michael Jackson*. Sem ele, a galera de essepê demoraria mais alguns anos pra pirar no *emejay*.

Uma marca dele era acabar as festas sempre com a mesma música, *Don't Stop Till You Get Enough*, pra gente ir embora pra casa cantando *keep on with the force don't stop alright yeah don't stop 'til you get enough keep on with the force don't stop keep on baby don't stop 'til you get enough* e era o que a gente precisava pra ficar mais leve naqueles anos de chumbo.

Era o final de 1969, cara, e a juventude tava no veneno.

Os caras cantavam *you and me girl got a highway to the sky we can turn away from the night to day and the tears we had to cry* para as suas garotas. As garotas também eram menos complicadas, tavam mais na pegada de zoar sem noiar com cada coisinha que a gente diz. Tudo era mais simples!

Aquela época era foda, broder!

Mas também não pense que o Heitor Nichilo era um cara alheio ao que acontecia no seu país. De jeito nenhum!

Quando o Roberto Medina o chamou pra participar da organização do primeiro *Rock and Rio*, e isso era 1985, Heitor Nichilo arrumou as malas e meteu o pé pro Rio de Janeiro.

Foi o fim das festas que ele organizava em São Paulo.

Eu ainda tentei seguir seus passos e agitar a noite, mas nunca tive aquela magia que ele tinha. Eu era muito mais organizado e meus eventos sempre davam lucro, mas eu não tinha aquela aura meio *flower power* meio brilhantina dele.

As garotas se amarravam no cara!

Foi nessa temporada carioca que ele conheceu a Teresa. Eles se casaram alguns meses depois, amor à primeira vista, nesse pique. Quando ele conheceu a Teresa eu tava lá do lado dele, porque tinha ido trabalhar num projeto dele lá. A mulher era um espetáculo à parte, bicho, de fechar a rua e dar feriado!

Mas ela era universitária e começou a colocar coisa na cabeça do cara para ele fazer vestibular. Já com mais de trinta, bicho, e cheio de trabalho pra fazer. Ele até se inscreveu e começou a estudar, mas aí eles casaram no meio do caminho e depois pintou o *Rock and Rio II* e ele deixou aquilo pra lá. O pessoal tirava o cara dizendo que tinha feito a inscrição no vestibular só pra amarrar a Teresa. Acho que não, mas se foi isso, quem pode condenar? Teresa valia muito mais naquela época!

Por aí... mas acho que ela fez as pazes entre ele e a galera universitária.

Mas o que eu queria dizer sobre o *Rock and Rio* é que foi ele, o Heitor Nichilo, quem garantiu, por exemplo, os caras do *Barão Vermelho*. Eu tava lá, era assistente dele. Toda vez que a gente se encontrava, sem exceção, ele pegava na minha mão e se emocionava dizendo *cara a gente fez história com aquele show enquanto os caras elegiam tancredo lá em brasília e frejat com aquela calça verde e amarela e aquela multidão cantando pro dia nascer feliz foi uma grande sacada uma grande sacada a gente fez história* e eu sempre repetia a mesma coisa: uma grande sacada, realmente, uma festa sintonizada com as demandas da rapaziada, que fala o que a rapaziada quer e não pode falar, mano, o negócio do futuro.

Um cara foda, broder!

Aliás, *Os Paralamas do Sucesso*, que ninguém conhecia na época, foi garimpagem dele. Os caras eram ilustres desconhecidos, broder, é tudo o que eu posso dizer. Se hoje têm esse sucesso todo, devem isso ao Heitor Nichilo, mas nunca ouvi o Herbert agradecer nada a ele. "Valeu, Heitor e tudo e tal", manja? Não custava nada! Aliás, aqui pra nós, aquela coisa do Herbert criticar o público pela galera ter vaiado outras bandas brasileiras no dia dos *Scorpions* foi uma merda. Onde já se viu criticar o cara que pagou ingresso? O broder pagou ingresso tá no direito de aplaudir, vaiar e os caralho, velho!

Assim eu penso, e digo mais: os caras do *Barão Vermelho* também tocaram naquele dia e não foram vaiados, ou seja, quem não tem competência não se estabelece, não adianta chorar, é a lei natural e a força do mundo!

Foi o Heitor Nichilo quem me apelidou de Berza, como sou conhecido até hoje, tipo, o nome do meu canal no *YouTube* e na *Twitch* não é *Canal do Berza* à toa, né? O cara tinha o tino do sucesso, broder, tudo o que ele fazia ou dizia pegava.

Tanto assim que todo mundo queria o cara na organização das paradas e ele ia me incluindo aos poucos. Coração gigante, meu, não merecia esse rolo todo lá no Pernambuco. Porém, é como diz outro broder meu: aquela época ali, começo do milênio e pá, uma pá de coisa ruim tava rolando.

Se liga nisso: hoje em dia, qualquer papo em uma *live* sobre psicologia ou sofrimento mental começa falando que a ansiedade é o mal do nosso tempo, né? Sim, tem quem diga que é a depressão, mas eu acho que a depressão é supervalorizada ou talvez a galera depressiva seja mais caladona e tal, sei lá, mas o que sei é que a ansiedade não tem supervalorização nenhuma, pelo contrário, a galera é ansiosa real!

E sabe quando começou essa pandemia de ansiedade?

Isso aí, anos 2000, broder! Tudo que era mídia começou a falar da Era de Aquário pra lá e pra cá, a rapaziada comeu corda e achou que tava na Era de

Aquário e a liberar geral e ficar suave na nave no mundo. O comunismo acabou, parecia que não ia ter mais guerra nenhuma, que a gente ia ter paz pra sempre, sem aquela noia toda de guerra nuclear e tudo e tal, mas aí: *pow!*, 11 de setembro!, torres gêmeas!, guerra do Iraque!, China ganhando a parada pra organizar as Olímpiadas e sequestrando avião dos Estados Unidos! e tudo e tal. Aí o pessoal viu que não tinha nada disso de paz, não, meu!, era tudo papinho furado!

E sabe por quê? Ansiedade!

Não tinha Era de Aquário nenhuma, a galera ansiosa pra caralho começou a comemorar a Era de Aquário cento e cinquenta anos antes, meu! Mano do céu!, cê faz ideia do que é isso?, uma ansiedade que bate no cara e dá palpitação, suadeira e os caralho, 150 anos antes?

A rapaziada pirou, mano!

Aí foi ladeira abaixo: guerra, Brasil elegendo um analfabeto pra presidente, Europa na mão dos russos, Estados Unidos entrando em papinho de globalismo e ditadura gay e tudo e tal! A gente ainda tá sofrendo dessa merda, broder, e só vai mudar quando a gente voltar lá pra trás e consertar as ideias todas! Tem que ter um cara aí em algum lugar que possa juntar uma turma boa pra tirar esse cavalo batizado que taí no governo e impedir a volta do analfabeto ladrão de nove dedos. Tem que ter alguém!

Um cara foda, broder…

Faxineiro da casa evangelista (idade desconhecida) - @monamu - tuiteiro

Aquele bando de racistinha jogando garrafa plástica, copo de cerveja e Coca-Cola em Carlinhos Brown no Rock'in'Rio e a televisão justificando, dizendo que o axé baiano não tinha agradado aos roqueiros, sendo que um dia antes Sandy & Junior tinham sido ovacionados! Enfim, a hipocrisinha

Roberto Samango (65), investigador aposentado da Polícia Civil de Pernambuco, poeta laureado e membro da Academia Pernambucana de Letras (APL) | depoimento a este autor no dia 21/07/2021

Naquela madrugada caiu uma chuva grossa!, e foi exatamente o que eu disse à minha esposa quando cheguei em casa com a cabeça cheia de trabalhos e dias, como um Hesíodo brasileiro, cujo último ato foi verificar pela janelinha de uma UTI que Celia Rodriguez estava viva e pagaria pelos seus crimes. Roberto Samango entrou em casa, desabotoou a camisa e a pôs em um cabideiro de mogno, sentou-se no sofá, foi recebido pela sua esposa, detalhe: mais de vinte anos de casados, com um sorriso e uma cerveja, e disse: "De madrugada vai cair uma chuva grossa!"

Naquele momento, imagino, Heitor Nichilo e a menor de idade deviam estar passando por um fiteiro, logo após uma parada de ônibus lotada, e vendo um velho careca e bigodudo, metido numa regata frouxa e fina demais, contando um maço de notas de variados valores, enquanto um outro homem, de cuja boca pendia um Carlton extraforte recém-saído do maço, esperava com paciência.

Negociavam droga? Era apenas uma compra como outra qualquer? O careca contratava o outro para matar alguém? Jogo do bicho? Agiotagem? Irmão devolvendo um empréstimo a outro irmão? Nunca saberemos, há malfeitores de toda espécie povoando as noites do Recife, à solta, livres para fazerem o que quiser, enquanto nós, de mãos atadas, assistimos atônitos.

Aí o sinal fechou.

"Então, agora, paramos em sinais enquanto soam sirenes na cidade?", teria perguntado a menor de idade.

"Se eu avançar os sinais, seremos perseguidos", teria se justificado Heitor Nichilo.

"Sim, por todas essas viaturas que você pode ver ao redor", teria ironizado a menina.

"O alerta está no ar. Podemos ser perseguidos em qualquer rua dessa cidade", teria considerado Heitor Nichilo.

Aí o sinal abriu.

Foi logo ali no Aeroporto Internacional do Recife-Guararapes - Gilberto Freyre, na praça Ministro Salgado Filho, que uma testemunha que não quis se identificar afirma ter visto os dois discutindo com o carro estacionado.

Se eu me atirar a um exercício de futurologia do futuro do pretérito, coisa que não é exatamente do meu feitio, posso pensar que Heitor Nichilo argumentava que se ele tivesse aquietado o facho no primeiro rompante de luxúria, teria se contentado com a prática do onanismo e não teria saído com aquela turma obtusa, para dizer o mínimo, então, não teria conhecido Celia Rodriguez e ela nunca teria ido ao Hotel Jefferson e, naquele instante, ele não estaria dentro de um carro alugado, procurado por homicídio e por sequestro de uma adolescente, cujos pais, muito provavelmente, deveriam estar possuídos por uma fúria total à procura dela, na cabeça dele, é claro, porque ela não tinha pais vivos e era criada por um tio cuja esposa odiava; a menor de idade pensava que aquilo tudo era uma grande barafunda e que ela estava adorando tudo aquilo porque o adolescente de hoje em dia vive em busca de adrenalina e experiências-limite, como muito bem anota a literatura especializada, de modo que eu sou totalmente favorável a tornar todas as escolas integrais: a criança sai de casa com o pai, de manhã cedo, fica na escola até as dezoito, quando o pai ou a mãe vem buscar. Pronto, não fica ninguém na rua pensando besteira.

Mas isso é outro assunto.

O que eles discutiam quando a testemunha que não quis se identificar os viu ninguém nunca saberá, porque a menor de idade simplesmente afirma que eles nunca pararam em praça nenhuma e seguiram direto para o Parque Histórico Nacional dos Guararapes, após uma sequência em que Damon Albarn repetindo *they to the bop* é secundado por sons sintéticos que rasgaram com força o ar dentro do carro, e com Heitor Nichilo, completamente transtornado, talvez tomado pela certeza do desastre, gritando *here you go* e acompanhando a música, começando a dançar e bater com as mãos no volante cantando *get the cool get the cool shoe shine*

Eu não posso acreditar completamente no depoimento dessa menina, uma vez que, além de uma ser adolescente, na época desses acontecimentos, ela era, e até onde sei é, abertamente comunista. Procurei mensagens cifradas nessa música que ela citou ou em algum dos diálogos que relatou, mas nada fazia muito sentido considerando: primeiro, Celia Rodriguez sangrando no chão do quarto sete do Hotel Jefferson e; segundo, uma mala preta com cem mil reais não identificados em cima da mesinha de centro, onde também repousava o instrumento do ataque à traficante.

Roberto Samango tinha vinte anos de delegacia de homicídios e, já tendo visto de tudo, não acreditava mais nas palavras de uma menina do que no seu faro de investigador. Roberto Samango sabia que aquilo era apenas um grande caos criado, conscientemente ou não, para encobrir uma verdade inconveniente.

Jones Manoel (32) - @jonesmanoel_PE - historiador, youtuber, tuiteiro e agitprop comunista | em thread do dia 31/05/2021

O aeroporto de Recife já foi considerado o MELHOR DO BRASIL. Foi entregue para iniciativa privada e virou uma grande porcaria. A única diferença é que atolaram lojas privadas e o preço das comidas ficou bem mais caro - dizem que aumentou o preço dos espaços.

Carlos Pio Trinado (39), tuiteiro, especialista em entretenimento e vereador na cidade do Rio de Janeiro | depoimento a este autor no dia 29/01/2021

Há um processo onipresente na história brasileira: a imprensa globalista é inimiga de tudo que é nacional.

Desde os nossos primeiros governos, quando éramos um grande império brasileiro de dimensões continentais e com vocação para a grandeza, sob Dom Pedro I e Dom Pedro II, a imprensa ora atacava a monarquia e os valores cristãos, ora atacava os senhores de terras por uma suposta "crueldade" para com os seus escravos, mas nada falavam, por exemplo, de Cuba, que aboliu a escravidão por lá apenas dois anos antes do Brasil e, ainda assim, aboliu ficticiamente, pois hoje toda a população é escrava, afinal, quem é livre no socialismo? Apenas os poderosos, urubus malandros com seu jogo sujo!

Basta relembrar toda a imprensa abraçando o ditador Getúlio Vargas e criticando os militares que, anos depois, precisaram dar um contragolpe para evitar que João Goulart implantasse aqui uma república socialista. Até hoje chamam de ditadura o regime que foi justamente o responsável por evitar uma ditadura, querem mudar o nome dos lugares que homenageiam os presidentes do período militar et cetera.

Para a mídia, vale a máxima de Lênin, o ditador comunista: "Acuse-os do que você faz!"

Esse é o prato cheio dos isentões, na verdade. Eles podem fingir que não é com eles para não terem que fazer o trabalho pesado e, quando a mídia cair de pau, criticarem convenientemente, com mentiras, aqueles que botaram a mão na massa. É o *modus operandi* deles, afinal, e com Heitor Nichilo não foi diferente.

Percebam como o sistema funciona!

Até hoje, quando vão falar sobre o período militar, falam daquela bomba lá no Riocentro. Colocaram a culpa nos militares e tudo o mais. Porém, ninguém investigou a bomba que foi desarmada pelos militares na antena da Manchete durante a transmissão de *Pantanal (1990)*, com o objetivo de semear pânico e caos na população brasileira que, na época, assistia em peso à novela.

Aí tem duas coisas interessantes: a primeira é que o caso se deu alguns anos após o final do período militar, ou seja, mostrando que a situação da violência piorou muito no Brasil com o fim do regime; a segunda é que *Pantanal (1990)*, na época, desbancou a Grobo (sic) em audiência e repercussão e seria muito conveniente mesmo para a emissora e seus ligados portais se a novela perdesse credibilidade saindo do ar de repente. Não digo que as coisas tenham correlação, mas que é uma coincidência muito conveniente, isso é, então, deixa margem para a dúvida.

Além disso tinha Juma e, naquela época, Juma era o que tinha, mas o sistema quer que o homem de bem seja uma cadelinha, nada de virilidade.

O sistema vai até aonde muitos não imaginam!

Perceba que, agora, tantos anos depois, a Grobo resolve filmar um *remake*, e melhor seria dizer *refake*, da novela, porém, sem aquilo que realçava os nossos valores tradicionais brasileiros. Pelo contrário! Trata-se de uma novela totalmente dominada pela ditadura do politicamente correto! Botaram até um personagem gay que não existia na novela original.

Numa fazenda! Dá pra imaginar um peão, aquele cara grosso, suado, todo peludo, o bigodão passando da linha dos lábios, as costas cheias de arranhão de tanto carregar peso, sendo viado? Claro que não, meu amigo, mas os desígnios dessa gente são obscuros, sujos e fétidos como certos bumbuns gulosos.

Por quê?

É o que deve perguntar a dona de casa que assiste à novela em meio aos afazeres do lar!

Mas por que estou dizendo tudo isso a você? O assunto aqui é o *Caso do Hotel Jefferson*, certo? Pois bem, uma coisa tem tudo a ver com a outra.

Acompanhe o meu raciocínio, por favor. Se precisar, posso ir mais devagar, mas sinto que você é um sujeito à altura da investigação, diferentemente daquela Tatiana, que praticamente entrevistou apenas um lado da história e, sobretudo, retalhou o longo depoimento de Roberto Samango de modo a fazê-lo parecer perdido e confuso, além de dispor cenas de reconstituição dos fatos logo depois das falas do investigador, para fazer parecer que ele inventou ou omitiu algumas coisas durante a investigação.

Se há uma coisa ardilosa no mundo, essa coisa é o marxismo cultural. Não vê o que eles fizeram com o professor Olavo? Tiram suas frases do contexto para fazê-lo parecer um velho babão. Logo ele, que revelou toda a sua maestria justamente quando envelheceu.

Veja bem: *O caso do Hotel Jefferson* foi declarado resolvido pela justiça. Roberto Samango descobriu que o envolvimento de Heitor Nichilo com

Celia Rodriguez vinha de antes e provou a sua descoberta por meio das ligações entre ele e Francisco Souza Funes Bri, vulgo Tio Chico, e entre Francisco Souza Funes Bri e Celia Rodriguez. Os cem mil reais que ela levou até ele naquela mala preta eram referentes ao pagamento dele pelo trabalho de abrir as portas do festival *Abril pro Rock* dando passe-livre aos traficantes comandados por ela. Assim, ele levaria mais dinheiro para casa do que habitualmente levava, dada a decadência de sua carreira, e ela não precisaria dar um jeito de passar pelos policiais designados para fazer a segurança do evento.

Até aí qualquer investigador chegaria sem muito esforço, mas, então, entrou em ação a argúcia de Roberto Samango, para responder à pergunta: o que houve para Celia Rodriguez terminar quase morta no chão daquele quarto de hotel?

Heitor Nichilo deixou para contar, na hora do pagamento, que ele era apenas um cara contratado para fazer uma ponte entre alguns empresários que ele conhecia e Paulo André Pires, o organizador do *Abril pro Rock*, de modo que ela precisaria desembolsar um pouco mais para algumas outras pessoas se quisesse fazer entrar no evento a sua mercadoria.

É óbvio que Celia Rodriguez não aceitou e começou uma luta corporal entre eles, durante a qual o homem conseguiu desarmar a mulher e, não contente, a golpeou com uma pedra ou um peso de papel, não me lembro bem.

E depois ainda dizem que os homens de direita é que são violentos...

Aí Heitor Nichilo fugiu e tudo se deu como é do conhecimento de todos.

A pergunta óbvia é: por que, após vinte anos de Inês morta, começam a revirar os ossos das catacumbas?

A resposta é dura, mas a verdade nem sempre é bonita: a mídia podre está toda unida em torno de mais uma narrativa boçal! O complô e insistência em narrativas é, óbvio, para impedir o crescimento da direita, porque nós não aceitamos a corrupção como algo natural! Não caio na esparrela destes porcarias que, atualmente, tudo o que fazem é para diminuir o governo que enfrenta sem medinho, nem mimimi, uma pandemia e um boicote internacional, nas vésperas de um ano eleitoral!

Agora eu te pergunto: por que levantaram esse caso de novo?

O blogueiro Renato Terra, aquele lixo enganador, comediante fracassado que não conseguiria arrancar um riso nem de algum amigo seu emaconhado, fez uma pretensa piada sobre aquela matéria mentirosa do Grobo (sic) que imputa à polícia a baixa resolutividade de casos de homicídios nos rincões do país, quando todo mundo sabe que tal baixa resolutividade deve-se ao judiciário corrupto que nós temos, todo na mão de bandidos e vendedores de sentença, como certos decanos. Aí o pretenso comediante disse que "as arapongas são passarinhos conhecidos por comerem na mão de quem tem muito milho no bolso".

Uma "piada" óbvia e sem graça nenhuma. Tudo combinado e dominado.

Milho é gíria para dinheiro e araponga era como os terroristas chamavam os investigadores do SNI (Serviço Nacional de Informação), e onde foi que Roberto Samango começou a sua trajetória policial? Exatamente no SNI.

Mas disso ninguém sabia, até que veio a série da *Netflix*, ou seja, uma série feita por um dos maiores produtores de *Fake News* do politicamente correto globalista. O segundo capítulo da série traz um perfil detalhado e distorcido de Roberto Samango que começa justamente pelo fato de ele ter relações com o melancia Golbery do Couto e Silva, que era verde por fora, mas muito vermelho por dentro, comunistinha de merda que deu fim ao regime junto com o bunda-mole do Figueiredo. Tal ligação nunca se comprovou e o próprio Roberto Samango, que está vivo e muito bem vivo, nunca confirmou esse fato.

Você deveria entrevistá-lo, inclusive.

Pois bem, a maledicência dos abutres não tem limites e tanto esse falso comediante, quanto aquela Tatiana, diretora de documentários que têm menos audiência do que jogo do campeonato escolar de futebol de Glicério, estavam mancomunados, junto com essa imprensa nojentinha do

Brasil e, até, do mundo, vide aquela matéria mentirosa do *The New York Times*, para pichar Roberto Samango como incompetente que só queria se livrar do caso, o pusilânime Heitor Nichilo como um excêntrico incompreendido e a menina lá como uma mulher empoderada muito inteligentinha para a sua idade.

Descaramento sem limites!

Qualquer um sabe o motivo disso tudo e qual o objetivo: desmoralizar a polícia e as forças armadas para abrir caminho para a eleição do molusco larápio de nove tentáculos que vai engordar a conta bancária deles com muito dinheiro da Lei Rouanet!

De onde veio essa história do mausoléu que servia de desova para grupos de extermínio se livrarem dos corpos assassinados? De onde veio essa conversa de que esses grupos de extermínio eram os mesmos que, segundo eles, atuavam sob a ditadura caçando e desaparecendo com os terroristas?

A mesma fonte de sempre: a imprensa vermelha.

A questão é que, no Brasil, o problema não é de governo, é de Nação! O nosso trabalho é fazer os brasileiros acordarem para que não sejamos transformados em bichinhos do sistema!

Porém, contrariando todas as especulações porcas da mídia podre, contra tudo e contra todas as coisas que estão invertidas no nosso país, o nosso povo dá sinais de despertar. Podem mentir o quanto quiserem e transformar mariquinhas como Heitor Nichilo em heróis injustiçados, o povo brasileiro acordará e o Brasil será o que nunca foi: uma imensa Nação!

Eis a verdade!

Ártemis Alves Nichilo (55), antropóloga | depoimento a este autor no dia 25/10/2021

O meu irmão era uma criança crescida. Meus pais sempre o trataram como a joia da família, frágil e valiosa, e isso fez dele uma pessoa egoísta, autocentrada e irresponsável.

Quando eu nasci, minha irmã mais velha, a Irene, já era uma mulher. Ela se casou quando eu ainda era uma menininha semiconsciente do meu lugar no mundo. Heitor era sete anos mais velho do que eu, portanto, quando eu me dei conta da minha existência, ele já era um adolescente.

Para se ter uma ideia de quem era o adolescente Heitor Nichilo, basta dizer o que ele me disse, um dia, quando estávamos sozinhos em casa e eu reclamava porque meu pai não havia permitido que eu fosse a uma festa na casa de uma amiga.

"Você deveria levantar as mãos para o céu de ter esse pai merda que você tem: isso vai te preparar pro mundo!"

Eu tinha dezesseis anos e Heitor tinha vinte e dois. Ele organizava aquelas festas dele desde os dezessete, ou seja, com um ano a mais do que eu tinha quando houve essa conversa. Não digo que o meu pai não foi um pai merda também para Heitor, mas eram merdas diferentes. Uma coisa é não dar muita atenção a um menino que, de resto, tinha e podia tudo. Outra bem diferente é, além de não dar atenção, suporte e carinho, também proibir qualquer expressão e ato independente vindos de mim.

Um exemplo disso foi a iniciação sexual do Heitor.

Lembro-me como se fosse hoje: eu estava na janela do meu quarto, chorando por algum motivo de que não me lembro agora, quando percebi que os dois cochichavam na varanda ao meu lado. Enxuguei as lágrimas e fiz o maior silêncio que pude para ouvi-los. Nem precisava disso, porque mesmo que eles ouvissem o meu choro, não se importariam.

"Mulheres são assim: sentimentais. Eu sei bem, criei três!", era o que meu pai sempre dizia quando alguém notava e verbalizava que eu vivia no quarto ou retraída quando adolescente.

"Heitor, tu tá chegando num momento importante da vida de um homem e a gente precisa conversar...", disse meu pai.

Homem? O Heitor tinha dezesseis anos, era um menino.

"Talvez teja na hora de tu conhecer mulher.", ele disse.

"Quem disse a tu que eu não conheço mulher?", perguntou o Heitor, mentindo na cara dura.

"Eu te conheço, Heitor, tu é meu filho.", riu o meu pai. "É o seguinte: a primeira buceta a gente nunca esquece! Sabe Betão, meu amigo?"

"Aquele mamão?", perguntou o meu irmão.

"Ele mesmo. Sabe por que ele é aquele idiota? Poliana foi a primeira mulher dele na vida. A bicha deu uma chave de buceta nele que o prendeu para sempre. Demorou nada para ele embuchá-la e os dois se casaram. Depois de muitos anos, quando Poliana já não era mais aqueles balaios todos e ele mesmo já não era mais jovem, é que ele foi conhecer outras mulheres. Sabe por quê? Porque a primeira buceta a gente nunca esquece!"

Houve um silêncio prolongado.

Pensando que eles estavam cochichando ainda mais baixo, colei meu ouvido na tela da janela do meu quarto e suspendi até a respiração. Hoje entendo que meu pai saboreava as frases de efeito do que ele julgava ser uma conversa fundante e estrutural entre pai e filho, uma espécie de teoria do medalhão à moda dos Nichilo.

A sabedoria do macho passada de geração para geração, assim como, talvez, meu avô, que não conheci, o tenha feito.

"Não quero que isso aconteça contigo", continuou o meu pai. "Sei que já já tu vai comer umas bucetinhas por aí e fico com um misto de orgulho e inveja, mas uma inveja branca, porque sendo você é mesmo que ser eu. Porém, não quero ver tu amarrado a uma dessas meninas que vão acabar te enchendo de filho muito cedo e te impedindo de viver a vida."

Acho que o casamento do Heitor com a Teresa foi um golpe de morte no meu pai. Talvez tenha contribuído pro velho praticamente abandonar a vida em seus últimos anos, ficando cada vez mais recluso e sorumbático. A Teresa não apenas é uma mulher muito mais altiva do que meu irmão sequer imaginou ser um dia, como é uma professora universitária de renome, uma intelectual e uma mulher sem a mínima vontade de ser mãe. Deve ter doído no meu pai, em seus últimos dias de vida, ter apenas uma neta, ainda mais vinda de sua filha mais velha.

"Por isso, o ideal, e eu queria que meu pai tivesse dado a mim o privilégio que darei a você, é uma noite de rei com uma mulher experiente e boa! Iremos juntos e tudo ficará por minha conta. Nem sua mãe nem ninguém precisa saber. Um segredo entre pai e filho. Basta você dizer 'tô pronto' e a gente vai lá, já está tudo certo."

"Estou pronto.", disse o meu irmão, provavelmente com um sorriso aberto, e os dois saíram pela porta naquele mesmo instante.

Não foi um segredo de pai pra filho porque, no dia seguinte, o meu irmão contou para seus amigos na escola que teve a melhor noite da sua vida, dando detalhes tão precisos sobre a puta com quem havia transado, que qualquer um, munido de curiosidade e alguma inteligência investigativa, encontraria a mulher nalgum dos puteiros de luxo do Recife. Seus amigos tinham irmãs que estudavam na mesma escola em que estudávamos e algumas dessas irmãs tinham a minha idade e estudavam na mesma série que eu, que sempre fui atenta demais para deixar passar desapercebida uma conversa dessas envolvendo o meu irmão.

O Heitor, que já era um moleque autoconfiante naquela época, passou a ser uma espécie de guru sexual dos seus amigos, ainda que, imagino eu, tenha vivido muitos dias até ter a sua segunda experiência sexual. Dava conselho aos amigos e passeava pela escola como se tivesse tatuado na testa "moleque transão".

Na minha festa de aniversário de dezoito anos, o Heitor já era o rei das festinhas da Vila Madalena. Um dia, ouvi uma conversa dele com um primo nosso que, na época, devia ter uns quinze anos.

"É assim, mano, mulher é assim: quando ela diz que não quer, é porque ela quer, manja? Elas são criadas assim na nossa sociedade machista e conservadora, pra fingir que não querem. Além disso, tem também a questão biológica: a fêmea gosta menos de sexo do que o macho. Veja só: enquanto uma mulher só pode engravidar uma vez por ano, um homem pode engravidar trezentas e sessenta e cinco mulheres num ano, manja? Até mais, se pá! É só olhar pra cadelas e gatas, como elas lutam contra os machos na hora do coito. Então, quando cê vai pra cima e ela refuga, cê tem que insistir, é o jogo sexual, é assim mesmo, se você não insistir, nunca vai comer ninguém!"

O nosso primo não disse nada ou disse tão baixo que eu não consegui ouvir. Era um menino tímido e calado que se tornou um adulto misântropo, mas sei de umas histórias dele, sabe? Não deixa de ser um escrotinho também.

Toda a questão, para mim, resume-se à socialização do macho numa sociedade capitalista-patriarcal. Há uma produção em série, contínua e ininterrupta, de machos cujas vidas orbitam em torno da questão "o que posso conquistar enquanto ainda sou jovem, forte e viril", e nesse "o que" entram todas as propriedades do mundo patriarcal: casa, capital, carro, posição social e mulher.

A mulher está para os bens móveis assim como a terra está para os bens imóveis: as conquistas que garantem a posição de Senhor.

Eu tenho uma grande amiga que não consegue mais se relacionar com homens. Ela não consegue desenvolver relação de confiança, sabe? Não digo que seja um exemplo generalizável, mas, como eu estudo exatamente as relações humanas amorosas e afetivas, posso dizer que é um caso comum e tendencialmente crescente.

Qual a questão: ela teve um relacionamento, por muitos anos, com um cara apático e desinteressado. O cara foi tão *blasé* com ela, deu a ela tanto nada, que ela concluiu que o melhor para a vida dela seria ter zero expectativa com aquele relacionamento. Defensiva, né? A cabeça dela tentando protegê-la, para ela não se foder quando o cara fosse embora, como ele foi quando se cansou dela. Para você ter uma ideia, quando ele a largou por causa de um mestrado sem bolsa na porra dos Estados Unidos, ela perguntou se ele não pensou nem por um minuto em ficar ou até pedir que ela fosse junto, afinal, eles tinham cinco anos de namoro, e ele disse que até havia pensado sim, mas que como ela estava meio fria com ele e não demonstrava muito apego, ele achou que ela não estivesse nem aí pra ele e ele desencanou.

Olha a situação: a mulher se adapta ao tipo de relacionamento que o cara propõe e ele, quando dá na telha, salta fora acusando-a justamente de ser aquilo que ele estabeleceu como ponto de partida da relação. Ou seja, a culpa é dela por ter aceitado o modo de relacionamento proposto por ele, vai vendo...

Sim, é meio cruel, mas tão sutil que passa em branco na maioria das vezes.

Ela deu o troco no final das contas? Sim. Foi tão filha da puta quanto ele? Com certeza!

Uma hora ele se arrependeu do que fez e foi correndo atrás dela implorando mais uma chance. O que ela fez? Ficou assistindo de camarote o cara se humilhar, se ajoelhar, chorar aos seus pés, pedindo uma nova chance. Às vezes fingia que tudo podia voltar a ser como antes e, noutras vezes, agia friamente como se nada daquilo fosse real, mas apenas coisa da cabeça dele. O que ele não sabia é que ela já estava saindo com outro cara. Ao final, quando ela se cansou daquele espetáculo patético, mandou alguém avisá-lo que estava namorando.

Mas não me venha querer igualar os dois: uma coisa é uma coisa, ou seja, só mais um carinha sendo um escrotinho, e outra coisa é outra coisa, ou seja, reparação histórica.

Enfim, o problema é que, apesar da desforra, essa amiga passou por outros relacionamentos e sempre com a sombra da indolência, da omissão, da desimplicação. Quando o cara se apegava demais, ela morria de medo de retribuir e se entregar além da conta, ficando na merda depois da separação. Quando o cara agia com apatia, ativava vários gatilhos e ela sequer conseguia aproveitar uma relação fugaz, que também tem o seu valor, às vezes.

Veja bem, não digo que ela não tem agência, que seja uma vítima ou coisa assim, mas é uma questão de leitura estrutural do evento singular: é todo um sistema de pressão social para que a mulher seja submissa e disponível para quando o homem quiser e bem entender, de modo que o desejo dominante é o desejo masculino, enquanto o desejo feminino é lido como desnatural e fora de lugar.

É por isso, por exemplo, que apesar de Teresa já ter dito mil vezes que não diria uma linha sequer sobre esse caso, os jornalistas ainda se sintam à vontade para procurá-la e incomodá-la com investigações sobre o meu irmão.

Espero que você não faça isso...

Laura Sabino (23) - @mylaura_m - youtuber, tuiteira e agitprop comunista | tuíte do dia 02/06/2019

Falando sério agora. Eu queria MUITO que os homens tivessem 1/3 da moral e conduta de ética que eles pregam aqui na internet. Ficam aí enchendo a boca pra falar sobre machismo e tal mas na vida real constrange e pressiona mulheres sem nem perceber

Emiliano Souza Funes Bri (39), pastor da Igreja Universal do Reino de Deus (IURD) | depoimento a este autor no dia 24/02/2022

Naquela época, cursava História na federal e estava encantado com o comunismo. Eu era um pós-adolescente, para falar a verdade, e, como todo pós-adolescente, tinha as permissões sociais de um homem e a ilusão de saber profuso e ilimitado de um adolescente.

Seduzido pelo comunismo não apenas pela doutrinação dos professores, quase todos comunistas, com raras exceções, mas também pela atuação dos inúmeros partidos comunistas que grassam nas universidades brasileiras, livres e gordos de verbas públicas.

O Brasil é um paraíso para os filhos da classe média: drogas, orgias e comunismo. Tudo patrocinado pelo pai de família que lota os cultos aos domingos e se esfola de segunda a sábado para pagar os seus impostos.

Mas vamos ao começo, dou meu testemunho.

Quem foi que conheceu Heitor Nichilo naquela noite de 29 de janeiro de 2002?

Nasci em uma família de classe média do Recife. Meu pai era funcionário público, técnico-administrativo do departamento de medicina da federal. Minha mãe era dona de casa, mas complementava a renda dando aulas de culinária para outras mulheres do bairro. Eu, meus pais e meus dois irmãos éramos muito felizes e morávamos na Cidade Universitária.

Respirávamos os ares da federal vinte e quatro horas por dia. Quando criança, eu e meus irmãos brincávamos no Laguinho sob a supervisão de minha mãe. Meu pai dava umas escapulidas para nos ver e sempre tinha histórias para contar sobre o interior de onde ele saiu: Cimbres.

Foi meu pai que botou em mim o apelido Sputnik. Discutíamos à mesa sobre os índios lá da terra dele, que ele chamava de preguiçosos que queriam terra de graça sem trabalhar para conquistá-las. Eu, como bom estudante do Ensino Médio do Colégio de Aplicação da federal, defendia os índios, mesmo sem nunca ter visto um.

É assim que se faz um comunista, né?, falando do que não sabe.

Em uma determinada hora da conversa, meu pai disse "esses índios são preguiçosos e não sabem o que fazer com a terra; deixaí na mão deles pra tu ver o que dá: a gente volta pras cavernas! A mesma coisa que aconteceu com os russos na época do comunismo" e eu, pensando combater o que eu chamava na época de "mito da defasagem tecnológica do socialismo em relação ao capitalismo", disse "e o Sputnik, hein?".

Era o que meu pai precisava para me destruir. Ele não apenas gargalhou na minha cara, como chamou todo mundo em casa para rir junto e até ligou para um tio meu para contar a história. Hoje também dou risada disso, até porque sei agora que meu pai estava coberto de razão, mas naquele dia eu fiquei tão puto que saí de casa.

Morei dois meses em uma república de estudantes, onde mergulhei ainda mais no comunismo e experimentei maconha pela primeira vez.

Os estudos científicos que apontam a maconha como porta de entrada para o mundo das drogas são abundantes e eloquentes. Hoje, percebo que meu posterior problema com cocaína é fruto desses dias fora de casa.

Ah, só durou dois meses, né? Como bom filho da classe média, quando comecei a perceber que não teria roupa lavada e dobrada na minha cama, café da manhã prontinho ao acordar, nem nhoque aos sábados, a minha ideia de emancipação precoce arrefeceu.

Tanto assim que, quando conheci Heitor Nichilo, aos dezenove, ainda morava com meus pais e já cheirava pó há um ano, mais ou menos. Naquela época, impelia-me um impulso raivoso de destruição. Parei de ir à igreja, passei a gostar de arte moderna e frequentar exposições nas quais era comum performances "artísticas" cujo único objetivo era chocar famílias e abrir para as crianças as portas da sexualidade precoce e do niilismo. Lembro-me de uma, especificamente, onde vários atores e atrizes, de quatro, perfaziam um oito deitado, símbolo do infinito, com seus corpos nus ligados pelo dedo indicador de quem estava atrás enfiado no cu de quem estava de quatro à frente.

Depois acham ruim e dizem que é nazismo quando alguém diz que isso é arte degenerada. Qual nome dar a isso, me diga!?

Ser comunista e me drogar aos finais de semana era a minha forma de cuspir na cara de um mundo que tinha me dado todas as oportunidades de vencer na vida.

Um rebelde sem causa, como se diz.

Eu não percebi de cara, mas logo que troquei as primeiras palavras com Heitor Nichilo, vi que ele não sabia o que fazia ali. Na época, isso me parecia alienação, alguém que não conhecia a si, e alguém que não conhece a si não pode conhecer o mundo nem viver em paz.

Hoje, vejo que isso era pura ideologia marxista, afinal, onde entra Deus nessa equação? Sem Jesus Cristo, senhor e salvador da humanidade, ninguém pode viver bem e em paz.

Lembro-me com riqueza de detalhes de uma das conversas na cobertura de Celia Rodriguez. Estávamos eu, Samenina, Bolão e Heitor Nichilo.

Bolão foi buscar bebida e voltou contando uma história.

"Você sabia que tinha um rei, papo de Idade Média, que era conhecido no seu reino por ser tão feio quanto burro. Covarde, não fez guerra contra ninguém, não viveu qualquer aventura além das fronteiras do seu reino, nem teve grandes façanhas amorosas. A rainha, porém, era aventurosa, conhecida como dona Maria Machado, porque não podia ver um pau em pé. É claro que essas aventuras eram de conhecimento de todo o reino. Aí, um belo dia, alguém teve a brilhante ideia de pegar as moedas em circulação no reino, que continham a face do rei, e gravar nelas dois grandes chifres na cabeça dele. O rei ficou puto e botou prêmio na cabeça de quem havia feito aquilo, sem perceber que a cabeça em questão não era a de quem fez o retrato, mas a do retratado. Pois bem, o rei era tão burro, mas tão burro, que, para tirar as moedas de circulação, prometeu pagar o dobro do valor da moeda para cada moeda adulterada entregue de volta ao banco real. Do dia pra noite, todas as moedas do reino tinham chifres na cabeça do rei, inclusive aquelas que acabavam de sair do banco, trocadas por outras com chifres. Alguns faziam os chifres nas moedas na calçada do banco e já voltavam imediatamente para trocá-las por outras em que, logo em seguida, poriam chifres também."

As pessoas riram, porque é realmente uma piada muito boa, mas eu, estudante de História, pedante pois, não podia aceitar aquelas imprecisões históricas.

"Que rei era esse?", eu perguntei. "Era na alta ou na baixa Idade Média?, porque não era comum a circulação de moedas na Idade Média, então tem que ver a região porque pode ser que..."

"É uma piada, Sputa", disse Bolão, entediado, "uma piada!"

Aí todo mundo riu mais ainda.

Da minha cara.

Eu entendo, eu mereci.

Heitor Nichilo, no entanto, mudou radicalmente de assunto, perguntando *vocês conhecem essas pessoas* e recebendo por resposta o nosso silêncio. A gente não conhecia noventa por cento das pessoas que estavam naquela festa. A nossa ponte com elas era Tio Chico, amigo de infância de Heitor Nichilo, que a gente conhecia naquele momento.

"Parece que essa galera é meio barra pesada", disse Heitor Nichilo.

"Sei lá, acho que não", eu disse. "Não tô vendo arma em canto nenhum, nem acho que a polícia vai bater aqui nessa cobertura. A galera só tá se divertindo."

Hoje, que fique claro, meu conceito de diversão é outro.

"O perigo pode ser justamente esse", disse Heitor Nichilo. "Essa galera pode ser tão poderosa que nem a polícia pode controlar uma festa deles, então, eles podem fazer qualquer coisa que não vai pegar nada para ninguém."

"Dinheiro, poder e fama: o mundo ama e odeia essas coisas. Quem tem não divide, quem divide não tem.", disse Samenina.

Ela era cheia dessas frases de efeito. Não é à toa que virou escritora. Nunca li nada do que escreveu, mas sei que continua comunista e a coisa mais certa do mundo é o ditado que diz: "se você não foi comunista na juventude, você não tem coração, mas se você continuou comunista na vida adulta, você não tem cérebro.", portanto, não preciso ler os livros dela para saber que não são obras tocadas pelo Espírito Santo.

O que ouvi falar, quando ainda estava nesse meio, é que ela escreve histórias fantasiosas, coisas irreais, sabe?, mistérios insolúveis, finais que geram confusão nos leitores, mas tudo isso só para difundir ideias socialistas e denegrir a igreja, os costumes e as tradições brasileiras.

"Dinheiro, poder e fama: tem quem pode, não tem quem dorme de touca", afirmou Bolão, "tudo questão de mérito!"

"Esse papo de meritocracia é conversa pra enrolar trabalhador!", eu disse, embora hoje pense muito diferente.

"Contarei outra história pra vocês", retrucou Bolão, "vocês sabiam que o preparador físico do Santos, mesmo estando no banco de reservas, não viu o milésimo gol de Pelé?"

Não, ninguém sabia, por óbvio.

"João Batista, nascido numa favela de Santos, teve uma infância miserável, mas amava futebol e, sobretudo, Pelé. Ele tinha nove anos quando Pelé chegou ao Santos pelas mãos de Waldemar de Brito, ex-jogador e técnico de futebol, na época. Ver Pelé voar na Vila Belmiro era a maior felicidade de sua vida, de resto, miserável. Ele tinha apenas 11 anos quando ouviu, ao pé do radinho de pilha de um vizinho, Pelé sair campeão da Copa do Mundo de 1958, ocorrida na Suécia, quando o Brasil bateu a seleção anfitriã por cinco a dois. Pelé tinha 17 anos e 249 dias apenas. Em 1969, às vésperas, portanto, da gloriosa Copa do Mundo de 1970, no México, Pelé tinha 29 anos recém-completados e João Batista tinha 22 e, há dois anos, era assistente do preparador físico do Santos, Doutor Nilson Guazaes. O país respirava a possibilidade do milésimo gol de Pelé e a ditadura militar..."

Ditadura foi a palavra escolhida por Bolão, que fique claro, apenas vendo o peixe que comprei.

"... ansiava por esta marca para deixar as pessoas alegres e sem perceber a miséria em que o Brasil estava. Mais de 65 mil pessoas lotavam o Maracanã e outros tantos milhões ouviam colados em seus radinhos de pilha. A televisão veiculou o milésimo gol só no dia seguinte, pois os jogos não eram televisionados. Pelé podia ter marcado o milésimo gol na Paraíba ou na Bahia, mas nos dois confrontos as coisas foram arranjadas para que isso não acontecesse. Inclusive, no amistoso contra o Botafogo da Paraíba, o goleiro do Santos na época, Jair Estevão, foi obrigado a simular uma contusão para que, sem poder fazer mais substituições, o técnico Júlio Mazzei pusesse Pelé no gol, ó que pena!, evitando que o gol mil saísse na Paraíba, o que seria ruim para os negócios, afinal, se for pra fazer algo histórico num bairro do Recife, João Pessoa não é a melhor opção. Na Bahia, talvez não tenha havido arrumadinho, até porque o zagueiro Nildo, do Bahia, salvou um gol de Pelé em cima da linha, sendo vaiado, inclusive, pela própria torcida, que ansiava pelo milésimo gol. Até o presidente do Bahia o repreendeu posteriormente, mas ele ficou conhecido como 'o zagueiro que evitou o milésimo'. Conhecido lá e neles, né? Digo tudo isso para mostrar como, no dia 19 de dezembro de 1969, todo o país se ligou ao jogo do Santos contra o Vasco da Gama no Maraca. Andrada, goleiro argentino do Vasco, tinha jurado aos seus companheiros que por ele não passaria milésimo gol nenhum. Porém, aos trinta e três minutos do segundo tempo, o sistema defensivo do Vasco permitiu que Clodoaldo, craque eclipsado por Pelé, avançasse com a bola controlada. A enfiada rasteirinha pra Pelé é descrita como coisa de cinema e Pelé entra na grande área com a bola dominada. Porém, antes do chute fatal, Fernando Silva, zagueiro do Vasco, pôs a perna diante de Pelé causando a sua queda exatamente na marca do pênalti. Quando Manoel Amaro, juiz da partida, apontou a marca da cal, Andrada jogou a bola no chão com toda força gritando, dizem, *carajo* enquanto Fernando Silva argumentava com o juiz afirmando que Pelé se jogou em sua perna. Ele morreu defendendo que Manoel Amaro facilitou o milésimo gol que, de outra forma, não sairia, pois Pelé passou o jogo todo com marcação cerrada. Um jogador vascaíno, de quem me esqueci o nome, fazia um buraco na marca do pênalti pra dificultar a batida de Pelé enquanto Fernando Silva dizia 'aqui tu não vai marcar nada, criolo". O resto é história: Pelé correndo em direção à bola, Andrada pulando certeiro, chegando a tocá-la, mas sem conseguir evitar que ela morresse no fundo das redes. E onde estava João Batista? Explico: quando o árbitro apitou o pênalti, sabendo que Pelé o marcaria, como quase sempre, Júlio Mazzei mandou um zagueiro pro aquecimento, pra segurar a provável virada. O jogo, empatado, sairia do pênalti com o resultado de 2 a 1 pro Santos. Nilson Guazaes, então, ordenou a João Batista que acompanhasse o aquecimento do zagueiro. Por isso, ele estava de costas pro campo gritando *vai vai vai pula cacete pula corre isso vai vai vai pula pula* quando todo o estádio caiu sob um silêncio monumental e todos, até o zagueiro que aquecia à sua frente, olhavam pro lance enquanto Pelé corria em direção à bola. Por puro e profundo profissionalismo, João Batista não se virou em nenhum momento até que o estádio veio abaixo com o gol e muita gente invadiu o campo. Ele só conseguiu ver Pelé no vestiário, nu. João Batista morreu como assistente de Nilson Guazaes, morando no mesmo barraco onde cresceu, porém, entrou para a História, honra dada apenas aos grandes nomes e, quase nunca, a um pobre coitado, a não ser que ele tenha o quê? Mérito, dedicação, devoção incondicional ao seu ofício!"

Depois de toda essa história, Heitor Nichilo ficou pensativo, enquanto eu pensava "que merda de papo é esse, sendo que Bolão é um desempregado convicto e militante?", embora, hoje, eu ache uma história incrível, tanto assim que a decorei e conto para todos quantos queiram ouvir, e Samenina disse: "Que porra é essa, Bolão? Tá viajando… o cara morreu na merda, vei. Nunca vi Pelé ou qualquer um envolvido na história mencionando qualquer gratidão particular a ele, sabe?"

Hoje sei porque Heitor Nichilo ficou calado. O cara pensava, naquele instante, que de tudo o que ele tinha feito na vida, nada fazia dele merecedor de menção histórica, ele nunca figuraria em uma conversa daquele tipo.

Isso fica muito claro na conversa que Samenina relata ter tido com ele no final daquela noite já entrando pela madrugada do dia seguinte. Isso se ela estiver dizendo a verdade, né?, a gente nunca sabe…

Daniel Berzinjenski (62), youtuber, streamer e podcaster | depoimento a este autor no dia 31/07/2022

Quando rolou o lance com o *Woodstock'99* muita gente aqui no Brasil fazia piadinha com o Heitor Nichilo. Chamavam o cara de Heitor Lang. Uma puta sacanagem, se você quer saber. Até porque os lances dele nunca eram furada. Podiam não dar o lucro esperado pros investidores, podia rolar de algum patrocinador ficar puto por causa de alguma exposição negativa ou falta de exposição, podia dar algum xabu com a segurança e tudo acabar na delegacia, mas quando isso aconteceu teve a ver com um certo romantismo do Heitor Nichilo, nunca com incompetência, desleixo ou negligência.

Com ele não tinha esse papo.

E também, quer saber? Nunca teve revolta piromaníaca nem batalhão de choque tendo que expulsar a malucada em fúria, então, mano, esse papinho mole de Heitor Lang é coisa de barão da produção cultural que tinha uma puta inveja do broder que não tinha só tino pra coisa, mas que também tinha *mojo*, manja?

Qual o resultado disso? Nos últimos tempos, Heitor Nichilo só conseguia trabalho como esse que ele fazia no Recife quando toda esta merda aconteceu. Não era mais ele quem dava a festa, ele era contratado por quem dava a festa para lidar com artistas e empresários, algo em que, falem o que quiserem falar, não havia igual como ele!

Se liga: eu conheço um broder, e não vou dizer o nome pra não me queimar na cena, que condenou Heitor Nichilo sem perdão, pique ódio do bem, saca? O cara disse que tudo o que aconteceu naquela noite miserável era apenas o reflexo do cara ultrapassado que era o Heitor Nichilo, pichando o cara de machista e até de pedófilo!, porque ninguém tirava da cabeça dele, segundo ele mesmo, que a fuga de carro com a Samenina tinha objetivo sexual.

Tudo do jogo, né?

A vida é assim, mano, vão te julgar pra caralho o tempo todo. Mas aí venho eu, que não como essa corda dessa vitimização ampla, geral e irrestrita, e penso comigo mesmo: "esse mesmo broder é o cara que organizava as mais orgiásticas festinhas em puteiros da região central ou em motéis de luxo pra galera descoladex da Savassi e imediações, tudo aberto, todo mundo sabe, ninguém fala porra nenhuma!"

Sacou? Papo de dois pesos e duas medidas e coisa e tal.

Ninguém fala que foi o Heitor Nichilo, e ninguém mais, que deu o toque em Paulo André Pires sobre os caras da banda Textículos de Mary! Hoje em dia, o pessoal diz que foi Roger de Renor, aquele *fake* porra-louca, almofadinha de tatuagem, quem lançou os caras.

Porra nenhuma, mano!

Os caras eram abertamente gays, tocavam *rock* totalmente montados, pique travecão mesmo, isso lá no século passado, tá ligado?, e iam ficar de *showzinho* em soparia se não tivessem explodido no *Abril pro Rock* de 2001, por obra e graça do Heitor Nichilo, mas, mais uma vez, ninguém agradeceu ao broder.

A cena brasileira é muito ingrata, na real...

Mas o problema da vida é esse: todo mundo quer falar de tudo, mesmo sem ter o mínimo conhecimento dos fatos reais. Aliás, todo mundo espera algo de você, mesmo que você não esteja nem aí pra isso.

Heitor Nichilo, certa vez, me disse um negócio que me marcou pra caralho. Ele disse assim: "Berza, o ideal era o cara ficar neném pra sempre, tá ligado? A vida da criança é moleza, meu velho, envelhecer é uma merda. Cada idade tem suas próprias merdas, é verdade, a própria criança, também, passa por umas merdas. Lembra quando a gente descobre que as pessoas esperam coisas da gente? Esperam que a gente vá bem nas provas da escola, esperam que a gente passe de ano, esperam que a gente seja educado e bem comportado, esperam que a gente namore uma menina loira bonitinha que fale baixo e nunca beba mais do que uma latinha, esperam que a gente escolha uma profissão, mas não qualquer profissão, tem que ser uma que tenha futuro, segundo sabe-se lá quais critérios, esperam que a gente se dê bem e seja feliz com o que escolheu. E se a gente não faz alguma dessas coisas, mesmo que faça todo o resto, vem a reprovação e com ela a culpa. Mas a criança só sente isso, cara, só sabe mesmo, na real, dessas merdas e do estrago que elas fazem na cabeça do cara, quando for adulta. O primeiro olhar de decepção da mãe já era, a criança antecipa tudo na linguagem dela e se sente culpada por ter mijado na cama de novo como se ela houvesse, sei lá, perdido a casa da família no zerinhoum prum romeno traficante de órgãos que se chama Benício, tem treze anos e mora com a mãe e mais cinco irmãos! O negócio era o cara ficar neném pra sempre, Berza!"

É esse cara, sapiência pura, que vocês estão, mais uma vez, pichando no *Twitter*. Mas é do jogo, eu sei, o *Twitter*, broder, é como diz uma vizinha minha, segue a lógica de "o que está errado é da conta de todo mundo!", porém, depois, ninguém pode dizer que não sabia quem era o Heitor Nichilo...

Vera Magalhães (49) - @veramagalhaes - jornalista, comentarista política e apresentadora de televisão | tuíte do dia 27/02/2022

Será que os (lili)putinianos do Twitter estão preparando um discurso de saída caso ele decida ir alguns passos além e usar armas sujas ou nucleares? Ou estender a ofensiva a outro país? Ou haverá um "mas também a OTAN" nesses casos também?

Lucas Parente (29), desenvolvedor UX | depoimento a este autor no dia 13/03/2021

Essas histórias são interessantes. Eu fico pilhado, quero saber tudo, posso passar horas clicando em *links* que me levam de um lugar a outro pra entender todos os detalhezinhos das coisas, senão fico com a sensação de que tô por fora.

Pique *FOMO*, fraga? A galera inventa de tudo, vei!

Uma vez eu tava chapando o melão de doce junto com um amigo e ele entrou numa viagem muito incrível sobre esse negócio de *FOMO*. Aquele bicho não tem uma cabeça, tem uma privada: só sai cocozinho, mas, quando a gente tá chapadigles, eu casco o bico.

Ele disse: "Vei, tá ligado como surgiu essa sigla *FOMO*?"

Aí eu disse: "*FOMO*? Que porra é essa?"

Aí ele disse: *FOMO* é *Fear of Missing Out*, ou seja, medo de ficar de fora em inglês."

Aí eu disse: "Boto fé".

Aí ele disse: "Então, sabe como isso começou?"

Aí eu disse: "Eu não sabia nem o que era".

Aí a gente morreu de rir.

Aí ele disse: "Se liga: o cara tá no meio dum trisal com duas minas gatas pra caralho. Mina dele: *top*; a outra mina que a mina dele arranjou: além de *top*, novidade. Aí ele tá saindo do escritório e os três começam a bater um papo frenético no *Whatsapp*. Eles têm um grupo, né?, claro! Aí o papo começa a ficar sexual, tá ligado? As duas tão em casa, mas ficam no celular, pra ele participar da conversa também. Delícia pra lá, hummmm pra cá, rola até peitinho de *nudes*. Nu!, o cara tá duro feito pedra, mal consegue acelerar sem quase molhar a cueca. Tá se segurando legal. Mas aí, quando ele já tá quase lá, a porra de um acidente no viaduto. Não tem como voltar, ninguém se mexe pra frente, e o papo no grupo *Três é demais!* degringola pra *cê ñ vem mais? aqui a gente tá começando, viu?* O cara vê um guarda e pergunta a previsão pra liberação do trânsito e o guarda diz: 'ih, cara, isso aqui é papo de hora, hora e meia' e o cara começa a esmurrar o volante como se a porra do volante fosse Higuain perdendo aquele gol só ele, Neuer e a barra, na final da Copa de 2014, gol que talvez desse o título para a Argentina, e ele fosse, sei lá, um desses argentinos *mucho locos* que rodam o mundo acompanhando a seleção. Na hora, tudo o que ele sentia era um grande medo de ficar de fora, ou seja, *FOMO*!"

A gente riu pra carai, vei, não é normal o tanto que a gente riu disso.

Enfim, eu acho que eu tenho isso aí, mas não com relação a trisal nem nada, até porque, ultimamente, tá difícil rolar uma mulher, então, duas mulheres eu evito até pensar pra não me dar falsas esperanças.

Segue o baile.

Por isso, talvez, eu não durma direito. Tô sempre navegando. Quando não é no computador, navegando e trabalhando, literalmente, ao mesmo tempo, é no celular, aí é dedinhos frenéticos com o mundo na palma das mãos.

Literalmente, cara!

Quando isso tudo não acontece ao mesmo tempo em que eu trabalho, porque muitas vezes trabalho oito, dez, doze, catorze, dezesseis horas num dia porque meus chefes têm pressa e eu tenho contas a pagar. Não que eu ganhe salário, até porque, hoje em dia, quem ganha salário? É sério, vei, eu tenho um chegado que trabalha numa agência de publicidade e os caras lá pagam ele com *ticket* supermercado e *vouchers* de *streaming*, jogo de videogame e *onlyfans*!

Ó procê ver!

Eu deixo a tevê ligada sempre, também, mas é mais como pano de fundo, trilha sonora e tal, nada que eu esteja, realmente, prestando atenção, fraga?

A não ser que role um plantão da Globo ou coisa do tipo, porque daí eu preciso saber quem morreu, né?

Um dia aconteceu um negócio louco.

Tava passando o *The Noite*, com Gentilli. Aí, de repente, tive a impressão de que ele travou e repetiu a mesma sílaba umas três vezes.

Mas eu estava prestando atenção ao celular e talvez tivesse me enganado. Fiquei de olho na televisão, mas o relógio, acima do aparelho de tevê, tava rodando ao contrário, bicho. Dois segundos, três, quatro e aquilo foi me desesperando, aí, de novo, Gentilli travou e repetiu a mesma sílaba três vezes, e daquela vez eu tinha certeza de que isso tinha acontecido.

"Cu cu cu", ele disse, enquanto seus olhos faziam um movimento estranho, tipo como se ele estivesse fazendo um bumerangue, só que em vez de ser no *Insta*, era na tevê e ao vivaço.

Aí o relógio retomou o curso normal dos ponteiros.

Cara, olha isso: é só falar dessa porra que eu me arrepio todinho! Trem siniiistro!

Aí eu pensei: tem coisa aí.

Não existe nada à toa nesse mundo, sabe?, ainda mais no *showbiz*, é tudo muito arquitetadamente planejado pra nos induzir a ficar horas e horas de frente pra telinha, além de comprar e comprar e comprar. Um erro desse corta a cabeça de alguém lá dentro, então, eles não erram. Tudo tem plano a, bê e cê.

Ou, cê fraga que não tem como explicar o relógio voltando três segundos, parando por doze e, depois continuando como se nada houvesse acontecido, né? Onde foram parar esses quinze segundos, vei?

Olhei o relógio do computador: milimetricamente alinhado com o da parede. O celular? *Idem.* O relógio no meu pulso? *Idem ibidem.*

Tem uns lugares na internet onde o governo se perde, saca? É como se fosse aquela ocupação que vira favela que vira comunidade que vira cidade dentro da cidade e durante todo esse processo não vê uma visita do governo pra nada, a não ser quando o governo decide mandar a polícia pra tirar a galera de lá na porrada porque o dono é amigo do governo. Sempre tem uns lugares dentro desses lugares que ninguém além dos seus frequentadores sabem da existência. Subterrâneos, quartos falsos, locais abandonados. Você passa e só vê cimento e concreto armado, ou umas tábuas ou tijolo, mas aí, lá dentro, tudo pode acontecer e quem é que vai saber? Então, esses lugares existem aos montes na internet e rola de tudo por lá, fraga? Desde inocentes trocas e vendas de mercadorias semilegais, até discussões e documentos que o governo tenta de muitas formas abafar.

Fui pesquisar e pá: na minha tela estavam comunidades em vários idiomas falando sobre a mesma coisa. Há teorias evidentemente fora da casinha, mas há outras que podem tranquilamente ser verdade.

Agora, por exemplo, enquanto a gente conversa, estou convencido de que eles roubaram esses quinze segundos para esconder um trem neles.

É o crime perfeito, vei: eles simplesmente fazem algo, tipo roubar os dados de todos os computadores do mundo e, depois, voltar no tempo e devolver todos os dados aos seus lugares e ninguém jamais conseguirá descobrir o que aconteceu porque esses quinze segundos não existem para ninguém além deles.

Nó!, crime perfeito!

E o cara fundamenta muito bem a teoria dele na ciência e em mais nada, saca só: Einstein descobriu que o tempo é o quê? Relativo. Daí vem

Lee Smolin e diz: o tempo é tão real quanto os sapatos que você calça. Vai vendo. Daí vem Olavo de Carvalho e nos relembra que Kant pensava o espaço e o tempo como noções apriorísticas que servem de fundamento para a nossa compreensão da experiência dos sentidos. Além disso, o professor de Física de Stanford, Leonard Susskind, junto com o prêmio nobel, saca só: prêmio nobel!, Gerardus Hooft, eles descobriram que, do ponto de vista da matemática, o espaço-tempo pode ser considerado um tecido impresso em 2D, enquanto os grãos, ou seja, as zizilhões de galáxias que existem, seriam objetos impressos em 3D, de modo que, logicamente falando, o Universo, esse mesmo, com u maiúsculo, não passa de um holograma. Daí o carinha do texto mata a charada: se o Universo é um holograma, e não é possível fazer um holograma de coisas que não existem, uma vez que o holograma é uma pro-je-ção, que serve, como disse Kant, para a gente compreender as nossas experiências, e só é possível ter experiências num lugar que existe, ou você conhece alguém que teve experiências no vácuo? À vácuo sim, mas NO vácuo, nunca; bom, daí decorre que é bem possível, aliás, é até provável que já existam formas de eles dobrarem esse tecido, tirarem os sapatos, relativizarem as experiências anteriores para encontrar algum lugar na dobra do tecido onde seja possível esconder coisas.

Quem são eles? Eles, uai! Se você precisa perguntar, é porque nunca saberá...

A gente vive uma realidade aparente, fraga?, e apenas uma das realidades aparentes possíveis, e são tantas que não é possível, em uma vida humana, descobrir qual é a sua realidade de origem, quer dizer, onde você realmente nasceu e, a partir dela, começou a se replicar para as outras.

Desse jeito, muitas vezes, o cara tá fazendo o maior esforço sem conseguir nunca alcançar o que quer porque, na verdade, na realidade em que o cara está se esforçando, ele é apenas um simulacro e não uma pessoa real, porque a pessoa real dele está noutra realidade, muito provavelmente pensando no que ele seria se tivesse feito isso ou aquilo diferente no passado, e esse tipo de, como eu chamo, "prisão pretérita" nada mais é do que o cara se concentrando numa realidade em que ele é um simulacro e não na realidade em que ele é uma pessoa real.

Isso abre inúmeras possibilidades.

Por exemplo, essa nossa conversa aqui e tudo o que a gente tá vivendo, inclusive esse livro que cê tá escrevendo sobre esse trem aí, tudo isso, nós dois e tudo ao nosso redor, pode ser apenas invenção de história dentro da cabeça de um moleque, numa dessas realidades paralelas, e esse moleque cheio de espinha, tesão e olho grande, tá tentando convencer um CEO de uma promissora desenvolvedora de *games* a desenvolver o jogo que ele criou: um jogo que tem uma cena em que dois caras, um jornalista e um programador *nerd*, conversam sobre a porra de um cara que tocou o foda-se para a vida certinha que tinha e viveu uma noite muito louca que acabou muito mal e ele se fodeu. O que, na real, não passa daquilo que eu chamo de síndrome de Charlie Brown Jr., que é quando um cara adulto, 30+, em evidente conflito com a vida adulta e tudo o que ela exige do cara, tipo interação mais ou menos cínica com os demais adultos ao seu redor, morre de saudades do tempo em que ele podia berrar cantando *eu quero que se foda essa porra de sociedade* sem se sentir um puta dum hipócrita, mas também não tem coragem de se trancar numa porra dum apê e cheirar pó até arrombar o cano de escape e sair dessa pra pior. Até porque não é todo mundo que tem uma legião de fãs adolescentes prontos para te imortalizar em homenagens lacrimosas.

Ou seja, foda-se!, o que eu tenho a ver com isso?

Prestenção! Nós dois podemos ser apenas dois bonequinhos de *videogame*, fi!

Cê já pensou num trem desses?

Ó, te dizer, viu?, quando eu me deparo com esses trem é patinhas de veludo. Patinhas de veludo, vei!, que nem predador: lobo, leão, onça, esses bichos têm almofadinhas embaixo das patas. Por quê? Pra pisar macio e não esparrar, pegando a presa desprevenida. Então, quando a galera faz esses trem de forma tão profissional e cirúrgica, patinhas de veludo, vei, patinhas de veludo!

Pedro Malaquias Ribeiro (50), empreendedor e motorista de Uber | depoimento a este autor no dia 02/02/2020

No final de semana anterior à festa no Chanteclair, eu e Tio Chico buscamos Heitor Nichilo no Hotel Jefferson e fomos os três ali pro *Downtown pub*.

Sabe como é, né?, Tio Chico me contou que o amigo dele andava meio borocoxô, como quem tinha um peido ariado há uns anos, sem vontade de cantar uma bela canção, pique Joseph Climber.

"Onde será que a gente leva o cara pra ele pelo menos limpar a vista?", Tio Chico me perguntou.

"Lá no *Downtown*, com certeza, ele terá várias *chiquitas* para lá e para cá, bundinhas balouçantes, como diria o poeta..."

Heitor Nichilo não parecia muito animado quando o pegamos na frente do seu hotel, assim como também não se animou muito em nenhum momento da noite do dia 29 de janeiro de 2002. Na verdade, o cara fazia o tipo *medêixempaz*.

Tio Chico estava certo.

Lotado, o *Downtown* era quase uma passarela naquela noite quente de sexta-feira no Recife e Heitor Nichilo era um cara presença, mas com aquela cara de cu, até eu tinha mais chances de conseguir um cheiro de alguma daquelas meninas.

E seria mais fácil, talvez, os Estados Unidos erguerem um busto de Hugo Chávez no Capitólio, diga-se de passagem.

"Cara, o Recife tá cada vez mais quente", reclamou Heitor Nichilo.

"Deixa de teus pantim, vei!", disse Tio Chico. "Tu foi pra São Paulo e se acha Paulista?"

"Eu sou paulista, cara, nasci lá. Passei uns anos aqui, mas passei a maior parte da minha vida pro lado de lá e não me lembrava de Recife ser tão quente assim.", esclareceu Heitor Nichilo.

"Se falar 'no Pernambuco' aqui, vai apanhar!", eu disse.

A gente estava no mezanino e conversava olhando pra baixo. Era como se, a qualquer momento, nossos olhares cavernosos pudessem ser retribuídos, o que não aconteceu naquela noite e também não se deu em qualquer outro dia que eu tenha posto os pés por lá.

A noite avançou e a gente continuava a beber sem dar trégua aos respectivos fígados, nem um sustinho assim, pra variar, com um copo d'água.

Sem silêncio, sem respiro.

"Eu tenho um tesão proibido", confessou Tio Chico. "Um amigo meu casou recentemente com uma menina do interior, ali de Pombos, tá ligado?, e a trouxe pra cá. Ele mora no apartamento da frente, coincidência grande, cara, a gente estudou junto na escola, se separou porque cada um foi pro seu lado e agora, tantos anos depois, se trombou indo pra praia, a pé, de manhã cedo, num sábado. Conversa vai, conversa vem, descobri que ele mora no apartamento diante do meu, uma varanda dando pra outra, exatamente a janela da morena que eu tava brechando há meses, ou seja, a esposa dele. Comprei até um binóculo de caçador, bicho! Propus até negócio para ele, para quando meu velho morrer e eu pegar a minha parte da herança, a gente abrir um bar junto, um bar aberto, mas com a pegada jovem aqui do *Downtown*, por exemplo."

"E tu já trabalhou com bar na tua vida, Tio Chico?", eu perguntei.

"Nunca", ele disse, "mas é um jeito da gente ficar planejando junto, uma justificativa pra gente frequentar as casas um do outro e tal. Quem sabe não sobra uma beiradinha pra mim?"

"Dispense, vei... Ou não, Recife é mesmo a terra da gaia", eu disse.

"E é por isso que eu fui morar lá em essepê, longe de gente como você", disse Heitor Nichilo, meio risonho, mas nada descontraído.

"Vocês comiam, se ela facilitasse, claro que comiam, a bicha é boa feito um Satanás!", disse Tio Chico. "Tu mesmo já comeu mulher de amigo, Bolão!"

"É diferente!", me defendi. "Primeiro, o cara não é meu amigo, é meu cunhado. Segundo, não fiquei de papo pra cima do cara de olho na mulher dele, bicho, ela que ficou de risinho pro meu lado, toda coxinha grossa, meu velho, a carne é fraca, tá na Bíblia!"

Eu não tomava tanta cerveja quanto tomei naquela noite há muito tempo. Estava sem freio total, de outro modo, jamais assumiria aquilo, né?, sacanagem com a moça lá, que devia ter um casamento de merda com o tabacudo do meu cunhado que, com toda certeza do mundo, era de uma paumolescência total.

"Eu também tenho um prazer secreto", confessei, talvez pelo mote, talvez para mudar de assunto. "Eu curto assistir *Fala que eu te escuto* de madrugada."

"Quê?", Tio Chico estupefato! "Cê bate uma pros pastores lá?"

"Claro que não, seu maníaco!", eu ri. "Tu acha que todo mundo é como tu, que tem uma buceta no lugar do cérebro."

"No caso, seria um cu.", disse Heitor Nichilo.

Sempre que eu repito estas mesmas palavras, e não foram poucas vezes nessas décadas de amizade, Tio Chico dá uma gargalhada e, depois, dizendo *não é problema meu se tu não gosta de buceta* bate com a mão em concha na minha nuca, o que me faz pensar na possibilidade de assassiná-lo.

"Os caras são convincentes demais!", confessei. "Eu quero sacar como é que eles argumentam, tá ligado? Trabalho com vendas, de certa forma, então, argumentar e vender ideia é importante e os caras são mestres nisso."

Na época, eu tinha sido contratado pela Boi Gordo pra vender investimento em criação de gado no interior de Goiás. Eu sonhava com a cara de Antônio Fagundes dizendo *há dois anos atrás eu investi em gado e realizei um grande sonho me tornar fazendeiro* de tanto que eu vi aquele comercial que passava nos intervalos da novela *O Rei do Gado (1996).*

"Uma vez", continuei, "um dos pastores lá começou a falar que o dízimo tava diminuindo muito e que, se continuasse daquele jeito, o programa não teria como continuar no ar e, talvez, não fosse possível até manter pastores pregando a palavra em lugares afastados do Brasil, onde ainda vingava a idolatria e o paganismo.

Prestei atenção, claro, porque o cara tem que tirar leite de pedra pra conseguir tirar mais dinheiro das pessoas das quais ele já tira dinheiro.

Prestem atenção à argumentação do cara.

Ele começa com uma pergunta: quem te deu tudo o que você tem? Aí ele mesmo responde, mas, já de cara, condena quem pensa diferente: há pessoas que são arrogantes e cheias de si e acreditam que conquistaram o que tem sozinhas, mas isso é o Diabo cochichando no seu ouvido, irmão, pra você cair no pecado da soberba. Nada neste mundo, repito: nada!, acontece sem a vontade do senhor Jesus Cristo! Você crê? Glória! Quando você compra um carrinho, quando você faz aquela viagem pro Guarujá com a sua varoa, quando consegue botar seus filhos na natação, tudo isso, tudo!, é da vontade do senhor Jesus, é ele quem te dá isso porque ele te ama e te honra com a sua glória! Aleluia! Mas tem gente por aí que acha que não, que foi o esforço dele que trouxe o carrinho ou a viagem. É Jesus que te dá tudo, irmão, não se engane pelos ardis de Satanás! O que Jesus Cristo te pede em troca? Uma única coisa: que você pague o dízimo para manter a igreja dele pregando o evangelho ao redor do mundo. Só isso, nada mais, é o que tá na Bíblia. Qualquer um pode vir à igreja do Cristo ressuscitado, orar, pedir e receber graças, desfrutar da companhia dos irmãos e irmãs que não são do mundo, que são do senhor Jesus Cristo de corpo e alma. Quantas mulheres que agora me assistem em suas casas não acharam o seu varão nos cultos da nossa igreja? E se não tivessem casado dentro da igreja, qual seria o casamento que teriam? Basta olhar ao redor para os seus familiares que são do mundo, pros seus vizinhos. Homens cachaceiros, preguiçosos e, na maioria das vezes, mulherengos. Veja quanta diferença para o varão que Jesus Cristo colocou ao seu lado e se pergunte: será que é muito devolver apenas dez por cento do que Jesus Cristo me deu para que a igreja possa honrar o nome de Jesus e levá-lo pros quatro cantos do mundo por obra de seus pastores e missionários, dando, assim, direito a mais mulheres de terem mais homens como estes? Será que dez por cento vai me fazer tanta falta assim? Irmã, irmão, às vezes a palavra de Deus é dura e eu serei duro agora, porque assim como o Cristo Jesus pôs abaixo as tendas dos vendilhões do templo de seu Pai, assim como ele escorraçou aquela gente avarenta aos pontapés, eu te digo: quem não devolve os dez por cento que Deus pede para continuar a sua obra, em verdade, está roubando o que é do Senhor Jesus! Aleluia! É tudo dele, irmão e irmã, tudo é do Pai, se ele quisesse, você e sua família estariam na rua, passando frio e fome, tendo que mendigar o pão de cada dia, cheio de doença, dor e drogas. Mas não, o Senhor Jesus te honrou e te deu tudo o que você tem. Portanto, não roube de Jesus, devolva os dez por cento que ele te pede humildemente."

"Meu Deus...", disse Heitor Nichilo, espantado. "Isso não é proibido?"

"Não", esclareci, "o cara dá porque quer, o pastor tá usando a arma que tem: a palavra. O cara dá se quiser, ninguém tá obrigando o cara a nada!"

"Esses crentes são muito doidos, vei...", considerou Tio Chico.

Àquela altura a gente tava para lá de Marraqueche! Heitor Nichilo foi ao banheiro e quase topa no parapeito e cai estatelado no meio do salão, lá embaixo.

"Eu também tenho um prazer secreto!", confessou ele, voltando à mesa. "Minha pira é ficar caçando notícia bizarra na internet."

"Na internet?", perguntou Tio Chico.

Na época, a internet não era como hoje, que todo mundo tem acesso no celular. Aliás, na época, só barão tinha celular. O próprio Heitor Nichilo, que morava em São Paulo e trabalhava com produção de festivais de música e lidava com artistas de ponta, tipo *Scorpions* e *Barão Vermelho*, não tinha celular, só um *paiger*, que era um negocinho eletrônico de mandar e receber mensagens curtas.

"Sim, bicho. Tem um *site* na internet que tem umas coisas bizarras e engraçadas, o nome é *Humortadela*. Os caras são foda! Zoam qualquer um sem nem se importar e foda-se! Políticos, tipo Lula, gente poderosa da tevê, tipo Clodovil, gente grande do mundo da música, tipo Gilberto Gil, saca? Às vezes eu passo mais de hora chapado e rindo dessas merdas, mano!"

"Boto fé", disse Tio Chico. "Eu li um texto num blogue que não era pra ser engraçado mas eu achei engraçado pra caralho. Engraçado não, moralizador."

"Conta logo, porra!", eu disse, porque odiava quando Tio Chico ficava fazendo aquelas introduções longas.

"É um blogue de futebol e o cara bota lá, toda semana, um texto sobre curiosidades do futebol. Semana passada ele relatou o caso de um cara, um senhorzinho já, que torcia para um time lá da quarta divisão da Inglaterra. Aí, o time conseguiu marcar um amistoso contra um time da segunda divisão, eu não me lembro o nome, não acompanho essas porras, e o velhinho saiu lá do cu da Inglaterra pra uma cidade perto de Londres, na região metropolitana, na real. Inventaram tipo um campeonato, saca?, como se aquele amistoso fosse um torneio, com troféu e tudo o mais, a maior palhaçada, coisa de inglês mesmo. Aí, é claro que o time da segunda divisão ganhou folgado. A torcida do time da quarta divisão meteu o pé pra casa, mas o velhinho, segundo o blogue, movido por sentimentos nobres, decidiu ficar para assistir à entrega da taça pro time ganhador. Papo de honra, espírito esportivo e essas paradas aí, pala de butico. Uns daqueles *hooligans* viram o cara sozinho na parte do estádio separada pra torcida visitante e ficaram rindo. Um deles tem a ideia de dar um apavoro no velhinho na saída, só pra dar umas risadas da cara dele. Uns molecotes! Ficam esperando o cara num fiteiro na saída do estádio e, quando veem aquela cabeça branca saindo pelo portão, cercam o velho e começam a empurrar, dar chutes e cascudos. Tudo de leve, mas um dos moleques tinha bebido muito e perdeu a linha e deu uma rasteira no velho, que caiu no chão. O problema é que velho não tem reflexo, né?, aí o cara caiu feito uma jaca mole e meteu a cabeça na quina no meio-fio e o sangueiro vei escorreu pelo chão. Os caras correram dali e ninguém nunca mais achou. O velhinho era um veterano de guerra e foi enterrado com honras e tal, mas se fodeu do mesmo jeito. Vei, olha isso, que morte idiota por causa de uma tiração de onda!"

Heitor Nichilo riu daquela história, eu não.

Avril Lavigne (38), cantora e compositora | status no MSN do dia 14/05/2002 (AvrilSK8)

It's complicated

Roberto Samango (65), investigador aposentado da Polícia Civil de Pernambuco, poeta laureado e membro da Academia Pernambucana de Letras (APL) | depoimento a este autor no dia 21/07/2022

Roberto Samango trabalha meticulosamente, porque encara qualquer trabalho como o último de sua vida, afinal, ninguém pode conhecer o dia de amanhã, que a Deus pertence. Além disso, eu não considero que haja investigação mais fácil ou mais difícil, mas vejo-as como unidades autônomas, sabendo que, cada uma, trará as suas questões a se resolver. Não é raro, nesta vida de investigador, olhar para os indícios e circunstâncias e chegar a uma conclusão óbvia e, tempos depois, descobrir que o óbvio se enganou e que a verdade era bem diferente daquela traçada no quadro-negro da sala de investigação.

Isso pode enganar investigadores jovens, neófitos da arte de investigar, mas não Roberto Samango, que completou vinte e seis anos de delegacia de homicídios antes de se aposentar já tendo visto de um tudo.

Sim, eu sei o que dizem por aí sobre o interrogatório de Sebastiana Barreto, vulgo Celia Rodriguez. Sim, é a principal comprovação dos crimes de Heitor Nichilo naquela fatídica noite de 29 de janeiro de 2002. Sim, ela encontrava-se sob forte pressão, não da polícia, mas de seus comparsas.

Primeiro, a perda de cem mil reais não é algo corriqueiro, mesmo para o tráfico, que movimenta bilhões todos os anos. Segundo, a cena da sua quase morte desvela um esquema da pesada: a união entre traficantes e produtores culturais para "apimentar" os seus eventos com a maior oferta de drogas possível, o que é bom para os traficantes, que podem lucrar em dois ou três dias o que lucrariam em uma ou duas semanas de atividade regular, e também é muito interessante para os produtores culturais, que têm, nos seus eventos, um público tão chapado que sequer percebe a decadência completa da música atual, dançando como macacos ao som de qualquer batida eletronicamente criada para veicular valores invertidos de uma moral degenerada.

É importante frisar que quando Roberto Samango chegou ao Hotel Jefferson, ainda na noite do dia 29 de janeiro de 2002, saído do descanso sagrado do lar de repente, atendendo ao chamado da lei, encontrou pessoas pesarosas e impressionadas.

O médico da ambulância que lá chegou já tinha percebido que Celia Rodriguez, ao contrário do que pensavam as pessoas que a encontraram, não morrera com o golpe na cabeça, mas, pelo contrário, respirava no chão.

Não sem muita dificuldade.

Roberto Samango não podia perder a única testemunha ocular daquilo. Como ligar a cena à mala de dinheiro e ao sumiço do homem hospedado naquele quarto de hotel? Apenas ela poderia fazê-lo.

Por isso, alguns dias depois, fui ao hospital e, lá chegando, uma vez verificada a ausência de risco à vida de Celia Rodriguez, batemos à porta de seu quarto.

Aliás, anote-se, ela não tinha plano de saúde e, com certeza, iria para uma enfermaria lotada, depois de sair da UTI, se não fosse a polícia ter pago, do próprio bolso, um quarto exclusivo para ela, onde ela poderia convalescer para melhor servir às investigações.

Aquela mulher me chamou à atenção desde o primeiro minuto em que pus os pés na UTI, alguns dias antes. Um batom muito vermelho todo borrado, quase na mesma tonalidade do sangue coagulado no buraco que Heitor Nichilo abriu na sua testa. Seu rosto era uma vermelhidão escorregadia onde, era visível, fora difícil fixar o tubo de oxigênio que corria pela sua garganta, impossibilitando, por exemplo, que a água que encharca uma toalha pequena pudesse ser sugada pela sua respiração ofegante e desesperada, gerando a sensação de afogamento. Além disso, havia pequenas escoriações no pescoço, mas aquilo não era da briga, percebia-se, e eu me perguntava que tipo de monstro daria pancadas tão cirúrgicas no pescoço de uma vítima tão pequena e, aparentemente, frágil. As unhas dela eram curtas como as de um homem, o que dificultava, por exemplo, arrancá-las com um alicate ou instrumento similar. Por fim, Roberto Samango, detetive experiente, não pôde deixar de perceber o quanto eram tonificados e rijos os músculos das pernas de Celia Rodriguez. Não é segredo a forma como são tratadas as mulheres que se metem com o tráfico de drogas. Talvez por isso, naquele instante, veio à minha cabeça a dificuldade que teria alguém que quisesse introduzir o que quer que fosse nela. Certamente precisaria de ajuda de alguém forte o suficiente para imobilizar aquelas pernas. Um soldado como Delé ou um bandido como aqueles com quem ela andava seria suficiente, sem dúvidas.

Foram dois dias até ela recobrar a consciência, mas isso não abalou Roberto Samango, sempre munido de uma caneta e de seu caderninho de anotações.

Ali mesmo, sem ter muito o que fazer além de esperar que Celia Rodriguez recobrasse a consciência, escrevi um poema que Vargas Llosa chamou de "a novidade em matéria de tradição ibero-americana!"

O entusiasmo de um gigante como Vargas Llosa muito me honra, sem falsa modéstia. Aliás, tal entusiasmo só foi menor do que o meu ao conhecer o grande pensador colombiano Nicolás Gómez Dávila. Em verdade, tratava-se de um grego antigo perdido na selva, um homem erudito a não mais poder e com um poder tal de pensamento que seria desdenhoso chamá-lo de filósofo assim como o chamam a um pulha como Antonio Gramsci.

As palavras de Nicolás Gómez Dávila ainda ecoarão airosas pelos quatro cantos das Américas, carregadas pelas asas de um Condor.

Mas isso é uma outra história. O importante aqui é que o poema chama-se *Uma noite em claro* e diz o seguinte:

Nas sombras diáfanas da Verdade
escondem-se revelações indizíveis,
mas os olhos da honestidade
estão cerrados, inacessíveis.

Onde estará presa a Honra?
Por quais sendas ela caminha?
Será que chora ou sonda
a decadência que se avizinha?

Os homens, outrora guerreiros bravos,
aceitam, como cordeiros, o papel de vítima
da ignomínia que ora reina no mundo;

imploram a seus inimigos desagravos
quando deveriam empunhar vingança legítima
que pusesse a tremer todo e qualquer vagabundo!

Esse poema saiu-me assim, exatamente como o li, naquele exato instante. Não mudei uma vírgula sequer, até porque, quando pus o ponto de exclamação final, Celia Rodriguez acordou. Então, o dever me chamava e eu o pus de lado, descobrindo-o, anos depois, e publicando-o tal qual se me revelou pela musa.

Antes de relatar o interrogatório, urge dizer que Celia Rodriguez não é fácil. Ardilosa e arguta, mesmo tendo acabado de despertar, inventou uma história rocambolesca que não me convenceu por um segundo sequer, mas que, de tão verossímil, poderia ter convencido a qualquer um outro.

O seguinte foi esse, para resumir a ópera: Celia Rodriguez, mulher um, contou ter ido atrás de Heitor Nichilo, homem um, naquela noite, porque ele havia fugido dela durante a festa no Chanteclair. A mulher um, temida por muitos, não podia aceitar aquela situação e disparou no rastro do homem um, intentando empreender conjunção carnal não consentida. Então, segundo a mulher um, desenrolou-se uma discussão acerca da impossibilidade de se ser uma mulher heterossexual empoderada, no mundo atual, e, ao mesmo tempo, ser feliz com os homens. Heitor Nichilo, o homem um, teria tentado consolá-la, porém, o seu membro flácido e macambúzio falava por si só. Então, a mulher um sai do quarto, o que coincide com as imagens captadas pela câmera de segurança, e encontra o homem dois, que ela disse tratar-se de seu chefe no esquema de tráfico de drogas, que seria também o dono da cobertura onde teria havido uma festa, à guisa de "esquenta", antes da festa no Chanteclair. Recuso-me a dizer o nome que ela disse porque, como é sabido na polícia, traficantes, quando caem nas mãos da lei, sempre tentam incriminar pessoas da alta sociedade, em geral, um mero cliente adicto com problemas demais para se preocupar com a recomendada discrição no trato social. Um subterfúgio antigo para tentar escapar do julgamento, pensando que a polícia, ao ter chegado a uma pessoa de posição social, abafará o caso ou se contentará com o peixe grande. Mas isso não funciona há muito tempo. Celia Rodriguez, a mulher um, contou que o homem dois, seu suposto chefe, carregava a mala preta posteriormente encontrada dentro do apartamento, motivo pelo qual acreditava que a mala tinha sido introduzida por ele após o imbróglio entre ela e o homem um, Heitor Nichilo, talvez acreditando que ela estava morta e querendo colocar todas as atenções da polícia nela e na misteriosa mala de dinheiro, escapando, assim, dos olhares inquietos dos investigadores mais perspicazes do país. As imagens não são conclusivas. O homem dois carrega uma mala preta ou uma pasta para croquis? O homem dois carrega uma mala preta ou caixa de ferramentas? Não é possível sabê-lo, então, essa parte do seu depoimento não pôde passar pela confrontação das fontes, território comum entre investigadores e historiadores. Enfim, ela contou que o homem dois, seu pretenso chefe, teria dito para ela se livrar do homem um, Heitor Nichilo, para não correrem o risco de ter o seu quartel-general descoberto. Ela, então, teria adentrado o umbral da porta mais uma vez e, ao apontar a arma para o homem um apavorado na cama, teria tropeçado no tapete e batido com a cabeça em um objeto de decoração disposto cuidadosamente na mesinha de centro do quarto.

Digam o que quiserem, mas a história de Celia Rodriguez é verossímil, embora deixe tantas perguntas no ar quanto um diálogo platônico.

Tudo o que Roberto Samango perguntou àquela mulher acamada foi: tu sabes que é melhor começar a falar a verdade porque nada nem ninguém podem te salvar de apodrecer numa cela lá no Bom Pastor, não é?

Vi quando uma lágrima escorreu do olho esquerdo de Celia Rodriguez e sabia, orgulhoso, ter, mais uma vez, atingido o nervo exposto que todos os seres humanos, até mesmo os mais cruéis, têm. É da nossa condição humana, transitória e imperfeita, não há como fugir, todos temos pontos fracos, sobretudo quando mexem no nosso bem mais caro: a liberdade.

Contudo, ela disse que não tinha mais nada a dizer. Sustentou essa mentira por muito tempo, até o seu depoimento diante do juiz, na verdade, quando já se encontrava preventivamente presa no Bom Pastor.

Foi quando a verdade se revelou, mas, antes, deixe-me contar dos meus outros movimentos, que me fizeram chegar à verdade antes que Celia Rodriguez a anunciasse para o mundo.

Dois interrogatórios foram fundamentais: o da menor de idade que acompanhou Heitor Nichilo até o amanhecer do dia 30 de janeiro de 2002 e o de Emiliano Souza Funes Bri, então com dezenove anos e conhecido como Sputnik.

A menina, além de me contar os detalhes do seu sequestro e da fuga empreendida por Heitor Nichilo, trouxe o detalhe essencial para a resolução do caso, a saber, o fato do cara ter saído do Chanteclair com uma mala preta na mão esquerda. O papo com ela também não foi fácil, porque, no começo, ela não queria colaborar e se negava a contar a verdade, fantasiando uma história de um cara, nas palavras dela, "evidentemente machista, algo misógino, confuso e desamparado, tomando decisão errada atrás de decisão errada na vida, porém, certamente, não um criminoso".

Passando um pano para Heitor Nichilo, como dizem os jovens.

Ajudou-nos muito o fato de o tio dela ser um amigo antigo do secretário de segurança pública, que conversou com ele sobre as consequências funestas da história inventada por sua sobrinha, que poderia, inclusive, redundar em um caso não resolvido.

Deus nos livre de tal coisa, eu ficava sem dormir enquanto não resolvia um caso.

O tio conhecia a sobrinha que tinha, óbvio, e bastou ele mencionar a possibilidade de enviá-la para morar com a sua outra tia viva, lá em Santo Antônio dos Milagres, no cu do Piauí, para ela ficar mais maleável.

Então, admitiu ter ido até o Hotel Jefferson atrás de maconha, porque corria à boca miúda que Heitor Nichilo tinha a melhor da região em seu quarto, guardada para o *backstage* do *Abril pro Rock*. Lá chegando, viu Heitor Nichilo em fuga e partiu atrás dele, sedenta pela maconha, como sói acontecer com adolescentes viciadas.

Aqui cabe um parêntese: os pais contemporâneos devem ficar mais atentos às suas filhas, principalmente se elas forem como aquela menor de idade, ou seja, com o corpo desenvolvido de uma mulher e a cabeça cheia de ideias exóticas. O expediente de viciá-las em drogas para transformá-las em escravas sexuais é muito comum entre traficantes de meia idade, astutos demais para elas.

Quando a menor bateu na janela do carro de Heitor Nichilo, ele a puxou para dentro e arrancou a toda velocidade. Ela ainda se debateu, mas ele trancou as portas e a ameaçou de morte, levando-a até o Parque Histórico Nacional dos Guararapes, onde pretendia drogá-la e estuprá-la, o que contraria todo o depoimento anterior dela e, embora ela não tenha dito isso, nem num, nem noutro depoimento, com essas palavras, é a decorrência óbvia da história desvelada na segunda versão da sua história.

Contudo, talvez por ter cheirado mais cocaína naquela noite do que costumava cheirar, talvez por estar mais nervoso do que o habitual, Heitor Nichilo se descuidou olhando para baixo no alto de um morro. Nesse momento, graças ao bom Deus de Jerusalém, a adolescente deu-se conta da oportunidade, empurrando-o morro abaixo, o que, muito provavelmente, matou-o instantaneamente.

O corpo nunca foi encontrado, mas uma queda daquela não tem escapatória. Se duas vidas ele tivesse, duas ele perderia naquela madrugada.

Aquela madrugada foi tão louca que, por causa de um fio desencapado, outro incêndio coloriu os céus de Pernambuco: o incêndio da Igreja de Nossa Senhora dos Prazeres, um trágico acontecimento que levantou as mais diversas especulações e teorias da conspiração, mas que não passou de uma tragédia.

As explicações sobre o corpo não encontrado podem ser variadas, e vão desde a possibilidade de algum predador ter se alimentado dele dentro da mata fechada, até a possibilidade de ele ter rolado um pouco mais adiante do local indicado pela menor, o que dificultaria muito as buscas e atrasaria tanto a descoberta do corpo que todos os seres da Natureza que se alimentam de matéria humana em decomposição já teriam feito o seu banquete final.

O fato é que ele não sobreviveu à queda. Disso não tenho dúvidas.

O segundo depoimento foi ainda mais esclarecedor, porque deslindou as principais motivações para os crimes daquela noite. Emiliano Souza Funes Bri, diferentemente da menor, colaborou com a polícia desde o momento em que pisou na delegacia de Roberto Samango.

Graças a ele é que pudemos traçar o perfil exato de Heitor Nichilo: um traficante que usava credenciais de produtor cultural para infiltrar drogas entre a juventude brasileira, porém, como todo homem, suscetível à crise da meia-idade, que o levava, nos últimos tempos, a arriscar demais o próprio pescoço atrás de um rabo de saia.

Se Heitor Nichilo se utilizou do seu lugar de produtor cultural para fazer uma graninha extra traficando drogas ou se ele, desde o princípio, entrou no mundo da música para traficar drogas, isso é difícil mensurar, sobretudo porque a pessoa que mais o conheceu em vida, sua viúva, Teresa Nichilo, nunca aceitou prestar depoimentos. Também não é muito importante, uma vez que, nesse caso, a ordem dos fatores não altera o produto.

O importante é que o depoimento de Emiliano trouxe uma nova linha de investigação para a Polícia Federal, qual seja, a que investiga a possibilidade de os festivais de música serem apenas um instrumento da indústria das drogas para viciar a maior quantidade de jovens possível de uma só vez. A partir dessa hipótese, é possível pensar em uma relação semiótica e direta entre a degradação da música popular brasileira em música de máquina e a preferência dos jovens por drogas sintéticas que, em palavras vulgares, gozam no cérebro deles e os fazem comer a sua massa encefálica com esmegma psicodélico e tudo o mais.

Ou, como diria o meu amigo Ubiratan Guimarães, que Deus o guarde em segurança, maconha é brincadeira de criança que canta bobagens, quanto mais purpurina melhor, dançando com a filha de Chiquita Bacana; as drogas do futuro derreterão os jovens de classe média na sala de casa diante de seus boquiabertos e lenientes pais, as pessoas responsáveis pelo país ter chegado onde chegou, nesta merda.

"Um sujeitinho aburguesado e patético", foi como Emiliano descreveu Heitor Nichilo. "quando a gente estava só, conversando num canto da festa no Chanteclair, ele virou pra mim e disse: 'quero nada com essa índia, não, meu negócio é arregaçar aquela ali hoje à noite' e ele apontava com o queixo para Óbito Súbito."

Óbito Súbito era o vulgo da menor de idade.

A conversa entre os dois revela um padrão de homem de meia-idade que a ciência forense já há muito destrinchou: um homem comum, como eu ou você, que tem boas ideias e outras nem tanto, mas nada fora do lugar, que, por desespero ou desamparo causado pelo medo da morte que se aproxima, quem o poderia culpar?, passa a andar com irresponsáveis e, eventualmente, se mete em confusões para as quais não tem nem gramática de elaborar, nem chaves de sair.

Finitum est: Heitor Nichilo tentou matar Celia Rodriguez e, pensando ter conseguido, se evadiu do local. Esqueceu-se da mala de dinheiro, mote da discórdia entre ele e a comparsa, mas lembrou-se da menina que queria dopar e estuprar naquela noite, e nisso foi ajudado pelo vício da menina, que passou um ano em uma clínica de reabilitação e eu não sei por onde anda hoje. Celia Rodriguez pegou 20 anos de detenção, mas saiu com 12, porque a lei neste país é deveras branda. Parece que voltou para São José de Espinharas.

O Caso do Hotel Jefferson foi resolvido e Roberto Samango, mais uma vez, revelou ao mundo o que outros só poderiam, no máximo, supor.

Afinal, "se podes?", perguntou Jesus. "Tudo é possível àquele que crê!"

Lady Gaga (37), cantora, compositora, atriz, dança, sapateia e rodopia | tuíte do dia 14/09/2017 (@Ladygaga)

Brazil, I'm devastated

O ESPETÁCULO

Quando Heitor Nichilo entrou no carro, na noite do dia vinte e nove de janeiro de dois mil e dois, eu senti o clima pesar. Momentos antes, Tio Chico avisara dizendo *a gente vai pegar um amigo que não tá passando por um momento legal* e achou que aquilo era suficiente para nos preparar pra Heitor Nichilo.

Não era.

Comecemos do começo: a noite era quente e eu não queria sair de casa. Queria, na verdade, estar bem longe de casa, mas não nas ruas do Recife, quem sabe numa praia ou numa casa de interior, sozinha e nua com a minha música.

A minha irmã mais velha, Vânia, por imposição do meu tio, tinha de me levar aonde ia.

Só vai pressa festa se levar Samenina, era o que ele sempre dizia quando Vânia, que já era uma mulher adulta mas não tinha qualquer vergonha na cara para bancar os seus próprios prazeres trabalhando no pesado e suando, informava ter uma festa para ir.

Vânia, conhecida pelos amigos como Vanja, por causa de uma junção poético-pateta entre as palavras Vânia e Ganja, num apelido meio óbvio, era uma irmã mais velha à moda antiga. Não queria andar com a irmã mais nova a tiracolo e não se privava de nada quando, a pulso, tinha de fazê-lo.

Por que meu tio impunha essa condição?

Quando me encontro numa esquina mais dura da vida, penso que ele se preocupava com meus olhos fundos e a minha palidez semicadavérica que me deixava com uma cor muito diferente da original com a qual nasci; quando minha vida fica meio ensolarada num banco de praça, fumando um, penso que ele se preocupava com Vânia, inocentemente crendo que ela não seria porra-louca a ponto de aloprar na presença da irmã adolescente.

Com toda a certeza, ele não acreditava que eu contaria qualquer coisa, boa ou ruim, que tivesse visto durante as minhas saídas com a turma de Vanja.

A noite do dia vinte e nove de janeiro de dois mil e dois comprova o que digo. Desde o momento em que entrei no carro daquele ser meio pateta, meio perigoso, que atende pela alcunha de Tio Chico, soube que aquela noite não acabaria rápido nem bem.

Porém, foi apenas quando Heitor Nichilo entrou pela porta esquerda daquele Fiat Pálio 2001 duas portas preto perolado que me dei conta do quiprocó em que me havia metido.

Heitor Nichilo sofria do que eu chamo de normalopatia. O normalopata é o sujeito doente por adaptação. A pessoa se adapta de tal modo às circunstâncias da vida, buscando endosso, reconhecimento e sucesso, que perde completamente a sua identidade, deixando de ser uma pessoa criativa para ser uma pessoa reativa, como um manequim de loja. É o sujeito que se apaixona por uma identidade ideal que criou para si, impedindo, com isso, a criação de uma identidade real, de modo que não há identidade real para impedir que ele perceba a verdade: identidade não existe, porque os seres humanos estão em constante transformação, e a repetição de padrões que cria a identidade só serve para nos dar uma ilusão de estabilidade e previsibilidade, cuja função é impedir o desespero total de uma epifania como essa: viva o agora, o amanhã é só uma promessa.

Heitor Nichilo era assim. O cara criou uma personalidade ideal tentando esconder uma personalidade real da qual não gostava. Você olhava para ele pensando *esse cara não parece ansioso não é depressivo não está às vésperas de um burnout e também não é paranoico nem compulsivo* e ficava intrigada: ou seria ele tudo isso?

Aí caía a ficha: esse cara é completamente normal, ou seja, maluco até a medula e talvez ainda mais profundo vá a sua obsessão com o que os demais pensam sobre ele. Sim, porque essa era a real função da ideal identidade: fazer com que os outros o vissem como alguém perfeitamente normal. Em nenhum momento, nenhum mesmo, ele me surpreendeu com alguma das suas atitudes. Era de uma previsibilidade radical, você sempre sabia o que esperar dele.

Além disso, Heitor Nichilo era um cara visivelmente perdido. Se você entrasse num quarto milimetricamente vedado à entrada de luz e som e ele estivesse deitado na cama, dormindo debaixo de um lençol coberto com um edredom, você riria dizendo *taí um cara perdido*

Digo isso tudo não apenas pela minha breve convivência com ele, coisa de pouco mais de doze horas, mas também pelas conversas que tive sobre ele ao longo destes vinte anos, afinal, o desenrolar daquela madrugada no Morro dos Guararapes criou em mim uma necessidade obsessiva de saber mais sobre aquele homem que, sem grandes problemas na vida, criou tantos para si e em tão pouco tempo.

Sobre o lugar também, mas isso é outro papo.

Durante todos os minutos em que estivemos juntos, naquela noite, não consegui tirar os olhos dele um minuto sequer. No apartamento de Boris, no Chanteclair e, sobretudo, dentro do carro sobre o Recife a cem por hora, ó, meu amor!

O cara exalava confusão e mau presságio, a começar por aqueles olhos de borrasca. Ele parecia, o tempo todo, prestes a explodir, prestes a chegar perto do coração selvagem.

Era o que eu via, embora depois tenha descoberto não ser o caso de explosão, mas de implosão, o que é diferente mas dá na mesma.

O homem era um gato no telhado molhado duma casa abandonada.

O pior, para mim, era não saber o que fazer. Queria deixá-lo para trás, como tantas vezes fiz com os amigos problemáticos de minha irmã, e voltar para casa, para o conforto do meu quarto, dos meus livros, do meu sofá, onde perdia horas e horas assistindo aos clipes aleatórios dos programas da MTV.

Não consegui.

Por isso, não julgo quem me vê como culpada nesta história toda. Eu podia ter me negado a sair com Vanja àquela noite? Sim. Ela teria ficado puta porque meu tio não a deixaria ir? Sim. Eu me importava com isso? Não.

Às vezes gosto de pensar que não sei porque eu me metia nessas merdas com Vanja, mas talvez eu gostasse daquela gente doida com quem ela andava, talvez eu sentisse falta daquilo na minha própria turma, que era nenhuma, porque nunca consegui desenvolver relações duradouras por onde passei.

Tanto faz, tanto fazia, tanto fará.

O importante é que tem razão quem me julgou e agora, com toda a repercussão que o caso tomou, mais uma vez me julga dizendo *já era crescidinha demais pra saber o que tava fazendo* porque, de certa forma, eu sabia mesmo que aquilo tudo era muito perigoso.

Eu só não tinha muita noção do que a palavra perigoso poderia significar no começo do milênio do desencanto radical.

Por outro lado, quando penso em meus dezesseis anos, é tudo meio anarconírico. Era eu lá, eu sei disso, mas não consigo distinguir motivos de motivacões, vontade própria de vontade coletiva, desejo de realizar e desejo de deixar quieto. Era eu e, no entanto, hoje, eu teria feito tudo de forma diferente.

É a vida, certo? Por isso é que o meu primeiro livro chama-se *Anarconíricoração (2014)*!

Também, outra, e daí? O que importa ter razão nisso se se é um ser irrazoável em todo o resto? Eu era uma adolescente, não tinha criado nada daquilo que vivi. Quem criou este mundo de merda foram vocês e eu ainda não sabia disso!

O mais louco de tudo, para mim, é que ele, desde o início da noite, parecia mais preocupado com o que as pessoas pensariam dele caso soubessem daquilo tudo do que com as consequências reais e concretas daquilo tudo.

A única coisa que o fazia parecer sensível ao mundo era esse desespero conspícuo e incontrolável.

Enquanto todo o rebuliço se deu em torno da discussão sobre o sujeito ser adúltero, machista e otário, o que é verdade, escapou de quase todo mundo o fato estranho de a polícia ligá-lo, sem maiores investigações, um cara que tinha menos de vinte mil reais na conta bancária, a uma mala de dinheiro oriundo do tráfico de drogas. Além disso, ninguém parece ter estranhado Boris sequer ter sido citado em qualquer ponto da investigação, do processo ou da repercussão na imprensa, apesar do nome dele aparecer no meu depoimento à justiça.

Este é um ponto cego da história. Se o seu livro não for lançar alguma luz sobre isso, é melhor não dizer nada, pois muito já se disse e mais ainda se repetiu sobre *O Caso do Hotel Jefferson*.

Sobre a série da *Netflix*? Bom, digamos assim, que se arrependimento matasse, meu nome seria Óbito Periódico.

Vamos lá: da festa na casa de Boris todo mundo já sabe de quase tudo, até aquelas pessoas crédulas que acreditam na versão da polícia, segundo a qual, aquela cobertura imensa era de Celia Rodriguez e o sujeito não identificado para não manchar o seu bom nome, chamado Boris, era apenas mais um jovem de boa família viciado.

Eu gostaria de acrescentar apenas duas coisas. A primeira é o momento em que eu escapuli e fui até o quarto do tal Boris. A segunda é uma conversa que tivemos eu, Heitor Nichilo e Vanja, porque paira sobre essa conversa uma aura de premonição, que não é real, embora seja real, e já relatada, a minha sensação de que as coisas com Heitor Nichilo tendiam a acabar muito mal para todos os envolvidos.

Entrei no quarto de Boris por puro tédio, enquanto o pessoal interagia com outras pessoas presentes na festa. Começaram a falar sobre política e eu, naquela altura da adolescência em que a adolescente aqui sabia de absolutamente tudo sobre este mundo em que vivemos, achei tudo muito burro. Havia até ideias boas, pouquíssimas, mas havia, porém, mesmo essas, embutiam-se dentro de expressões carregadas de uma burrice soporífera.

Hoje, já me peguei cometendo burrices atrozes vezes o suficiente para saber que todas as pessoas cometem burrices e falam merda, de modo que, se o assunto for sério, como era o caso, vale a pena argumentar, ainda que ninguém convença ninguém e todos saíam da conversa com as mesmas ideias. Vale a pena, mesmo que seja só pelo exercício de defender o que se acredita justo.

O caso é que eu saí perambulando pela mansão suspensa e, testando as portas que estavam destrancadas, abri uma que, logo percebi, dava para o quarto de Boris, o anfitrião e traficante de *playboy* mais famoso do Recife.

O ambiente era tão limpo e asséptico que era possível abrir uma enfermaria de campanha nele do dia para a noite, sem a necessidade de esterilização. Cada mínima coisa estava no seu devido lugar e a cama forrada de modo impecável. Na escrivaninha, maços de dinheiro presos por ligas de borracha preta, iguais àquelas encontradas no quarto de Heitor Nichilo no Hotel Jefferson, e uma pistola cor de prata escovada. Uma réstia de luz que entrava pela porta aberta era a única iluminação do ambiente, motivo pelo qual todas as coisas eram meio acinzentadas.

Quase dei um grito ao perceber que um vulto me observava no canto do quarto, perto de uma janela. Ainda bem que me segurei, porque era apenas um busto que ficava sobre uma falsa coluna jônica vendida em milhões de estabelecimentos por todo o mundo.

Ivã IV Vasilyevich, Czar da Rússia, dizia uma plaquinha de ouro maciço afixada entre o fim do busto e o princípio da coluna jônica falsiê.

Ao passar pela escrivaninha, fui surpreendida por um impulso grande de botar algum daqueles maços no bolso, mas antes que pudesse esticar o braço, pensei em várias formas simples de ser descoberta, como, por exemplo, alguém entrando no exato momento em que eu ponho o maço no bolso, e também em várias formas terríveis de acabarem com a minha raça, inclusive, por exemplo, empalada e empalhada nua no meio da sala.

Decidi que aquele dinheiro não era para mim e segui o meu caminho. Porém, antes de sair do quarto, vi que havia uma mala preta fechada em cima de uma cadeira. Parecia pronta e preparada, apenas aguardando o dono ou portador que viria buscá-la.

Quando pus os olhos na mala preta levada ao julgamento como prova do crime de Heitor Nichilo, a reconheci imediatamente e disse ao meu advogado, que, por acaso, era um amigo do meu tio, ex-policial.

Meu advogado olhou nos meus olhos, trincou os dentes e quase sussurrou: você nunca jamais viu esta mala, está me entendendo?

Eu entendi ali mesmo qual era o lance com Boris, aliás, não precisa ser nenhum detetive selvagem para sabê-lo, mas não sei dizer, até o momento, qual era a real finalidade daquela mala de dinheiro.

Se levarmos em conta a palavra de Celia Rodriguez, segundo quem Boris não sabia pela boca dela que ela estava naquele hotel, sendo uma surpresa total encontrá-lo no corredor com uma mala preta na mão, então, Boris estava seguindo Heitor Nichilo para plantar a mala lá ou oferecê-la a ele em troca de algo. Se desconsiderarmos a palavra de Celia Rodriguez, podemos pensar que todo o esquema pode ter sido armado entre ela e Boris para matar Heitor Nichilo e desovar ali aquela mala, de modo a incriminá-lo por algo.

A não ser que alguém acredite numa brutal coincidência de Boris ter ido ali fazer outra coisa e, por acaso, ter encontrado Celia Rodriguez, tudo depende de acreditar ou não na versão dela.

O que eu acho, a partir do que conheço dessa história, é que Celia Rodriguez realmente foi atrás de Heitor Nichilo para foder com ele e Boris a seguiu com a mala preta cheia de dinheiro, talvez percebendo a oportunidade de plantar o dinheiro em Heitor Nichilo ou, talvez, sendo ainda mais hipotética, querendo se livrar da funcionária que fizera o próprio nome e ameaçava sair de seu controle e, vendo a oportunidade, decidiu apagar os dois e incriminá-los juntos, levando qualquer investigação da polícia para muito longe dele e da origem real daqueles cem mil reais.

Por que ele não entrou e matou Heitor Nichilo após a queda de Celia Rodriguez? Não sei. Por que ninguém mais no hotel o viu? Também não sei, embora tenha minhas desconfianças.

Seriam perguntas importantes, se a polícia quisesse investigar Boris Prokhorov, mas sem investigá-lo tudo não passa de suposição.

Esse é o tipo de coisa que me deixa indignada. Todo mundo sabe de Boris, mas é como se ele fosse intocável! Por isso, sempre acreditei que o problema nunca foi de voz para os de baixo. Falar ou não falar, não importa, os de cima nasceram sem ouvidos, é um defeito congênito que nenhuma palavra pode curar, portanto, não é pela palavra que nós sairemos de nenhum cu de boi em que nos metam os do andar de cima!

O outro relato da festa na cobertura de Boris que preciso fazer é o da conversa entre Heitor Nichilo e eu. Estávamos num canto daquela sala imensa e apenas bebíamos. Nesse momento, minha irmã estava conosco. Não sei se Vânia estava de olho no cara, porque talvez aquela fosse a primeira vez que eu a via calada por mais do que cinco minutos.

Vocês podiam ser tantas coisas, disse Heitor Nichilo, de repente. Eu vivi assim a minha vida inteira, organizando festas, embora não fossem como esta aqui, mas eram as mesmas pessoas. Anos setenta, anos oitenta, anos noventa, anos dois mil: as mesmas pessoas, geração após geração, e era possível ser tanta coisa...

Que papo é esse, bicho?, perguntou minha irmã.

Quantos anos você tem?, ele perguntou a ela e ela respondeu perguntando *vinte e dois por quê* e ele disse: issaqui é bom, mas é totalmente sem futuro. Viver disso aqui é furada!

Só quem vive disso aqui é aquele pessoal ali, eu disse, apontando com o queixo para o centro da sala, onde pó, ácido e dinheiro corriam soltos.

Não falo de ganhar dinheiro com isso, contrapôs Heitor Nichilo. O problema é que a maioria aqui só veio pra gastar e aproveitar o máximo da noite. A cada final de semana, uma ou duas dessas farras enquanto, ao redor da pessoa, os outros têm planos, estudam, projetam o futuro, querem algo com a vida.

Que papo é esse, vei?, questionou, mais uma vez, minha irmã. A gente acabou de chegar, bebe aí, vai se agarrar com alguém, dá um tiro, seja feliz!

Enquanto um silêncio constrangedor se instalava entre nós três, eu me intrigava pensando *esse cara tá numa puta duma crise e eu só espero que essa merda toda que ele tá segurando aí não decida arrebentar o dique e romper a barragem hoje*

Vânia saiu dizendo *vou buscar uma cerva* e aquilo foi como uma senha para Heitor Nichilo. Um segundo depois ele me contava quase tudo da sua vida num resumo afobado.

Eu era muito pequeno quando meu avô morreu, de repente, aos noventa e um anos, de um mal súbito. Examinava uma paciente no momento fulminante e caiu de cara no colo dela para ser levantado pelas enfermeiras que acudiram aos gritos de pânico da mulher nua. Minha avó era uma senhorinha tão empenhada em fazer da casa dos dois um lar perfeito, durante tantos anos, que pareciam, ela e a casa, serem uma só e a mesma coisa. Até hoje, quando entro lá, sinto como se das paredes emanasse o cheiro de dona Iná. Minha mãe seguiu os passos do pai e tornou-se médica também, mas casou-se com o meu pai, um cirurgião-dentista sócio-minoritário do meu avô em seu consultório, e nunca exerceu a profissão. Eu poderia ter encarado a mesma estrada difícil dos estudos para também me tornar, em meu tempo, dentista ou médico ou até advogado, mas os anos setenta foram, para mim, muito promissores. Eu e um amigo, a gente organizava festas na Vila Madalena, os assustados, onde a gente chegava de repente na casa de alguém com a festa pronta para acontecer lá. Era um barato. Logo vi que aquilo era a minha praia e pensei que podia quebrar o histórico da família sendo produtor cultural. A gente não chamava assim, na época, mas agora sei que fui um dos pioneiros. Não era fácil ser revolucionário na década de setenta, com todo aquele ambiente pesado e conservador, sério, a qualquer momento a polícia podia chegar e acabar com a festa e mandar todo mundo pra casa. Na maioria das vezes não acontecia, mas ouvi relatos assombrosos. Uma vez, um amigo foi pra casa dentro de uma viatura. Os policiais ainda conversaram com os pais dele dizendo *nestas festas rola droga* e não rolava nada demais, a garotada muito inocente, no máximo alguém dava um barrufo enquanto outro alguém desmaiava de tanta vodca, nada como isso aqui, por exemplo. Não passava daquilo ali mesmo. Não era uma festa de *hippies*. Eu tinha só vinte e três anos, caramba, o que eu podia fazer demais? Enfim, eu comecei a ganhar alguma grana e até fiquei um pouco conhecido entre a juventude paulistana. Eu tinha acabado de voltar pra lá depois de muitos anos vivendo aqui no Recife. O mundo estava num momento turbulento. Era guerra na África toda, guerra em Portugal, Guerra no Vietnã. O Brasil ainda era um jovem em fase de crescimento. Foi naquele mesmo ano de mil novecentos e setenta e cinco que o estado da Guanabara se fundiu com o estado do Rio de Janeiro num só estado, a gente tinha fechado um acordo com os alemães para construir as usinas de Angra. Tinha um clima de otimismo entre meus amigos, a gente cogitou seriamente abrir uma boate. Enfim, outros tempos… eu abri não uma, mas algumas boates. Fiz sucesso, dei tiro n'água, tudo do jogo. Mas aí vieram os anos oitenta e foi uma deprê total. O Jornal Nacional era só depressão, inflação, recessão, corrupção e os caralhos. Não era tempo de festa, mas a gente resistia e seguia tentando se alegrar. Meu respiro foi quando surgiu a MTV. Lembro bem do velho Civita virando pro meu pai e falando *meu amigo essa tevê que traremos para cá mudará a comunicação da tevê brasileira com os jovens para sempre* e meu pai discordou. Eu sabia que não era mais jovem, tinha trinta e sete anos, sim, mas também sabia que conhecia muitos jovens e ainda era visto por eles como um irmão mais velho e podia influenciá-los. Aí fui falar com o filho do velho Civita, Roberto, que não me conhecia, mas me recebeu por pedido do pai. Eu tremia como vara verde, aquela era a minha chance. Roberto era um intelectual, mas também um homem prático. Tinha quatro graduações nos Estados Unidos, mas soube ver em mim o homem de espírito prático, um *self-made man*, como se dizia na época, com disposição para conduzir a mais nova empreitada do Grupo Abril até a liderança da audiência jovem. Por isso, me nomeou assistente direto de Narcisa Tamborindeguy, que, pouca gente sabe, foi a primeira gerente de análise de tendências de percepção e gosto da audiência. Ela tinha acabado de se separar do Boninho e o clima era quente. A mulher tava a fim de foder a vida do cara de algum jeito e por que não ajudar a erguer um canal de tevê jovem no Brasil? Fui eu que dei a ideia do *Disk MTV*, programa de maior sucesso de público e de crítica. Narcisa roubou a minha ideia e depois um cara levou todos os créditos. Não digo o nome dele porque depois ele pode me processar, porque hoje em dia tudo é processo. O caso é que a ideia era tão boa que a MTV gringa copiou, criando por lá o *Dial MTV*. Lembro como se fosse hoje o primeiro clipe: um *remix* de Garota de Ipanema cantado por Marina Lima, artista líder das paradas de sucesso da época. No Rio, como tudo lá é esculhambado, a porra do som pifou e não foi transmitido junto com as imagens do clipe. Depois eu vi a fita e foi engraçado: Marina Lima abrindo e fechando os lábios e fazendo caras e bocas para a câmera enquanto a voz de Mark Knopfler soava cantando *and after all the violence and double talk there's just a song in all the trouble and the strife you do the walk you do the walk of life hum you do the walk of life* e até hoje tenho vontade de gargalhar ao pensar na cara de Roberto Civita em São Paulo, sabendo daquela merda no Rio e dizendo *it's not possible não há um ser humano responsável em todo o rio de janeiro* e bufando daquele jeito bufão que ele tinha. Foram bons anos dentro da MTV fazendo o show acontecer, mas aí a coisa toda começou a desandar e agora a MTV é puro tédio, *Britney Spears*, *Spice Girls* e *Backstreet Boys*. Eu tenho muitos amigos ricos e bem-sucedidos. Eu podia ser como eles, podia mesmo, mas não me adaptei ao jogo, saca? Fiquei pra trás porque, simplesmente, sou fiel aos meus princípios e não faço tudo por dinheiro. O que é que falta vir por aí, sabe? *Ao vivo MTV* com Ivete Sangalo? Certo está Lobão de romper com essa porra toda e voltar a ser independente. Eu queria um modo de vida diferente, algo que rompesse estruturas históricas duma classe média com a cabeça pequenininha, com vocação conservadora, mas parece que este país é assim conservador mesmo. Até o Lula está atrás de conversar com os crentes! Os crentes, aquela gente semianalfabeta que sequer consegue perceber que o pastor fica com todo o dinheiro que sobra de seus salários depois de pagar as contas de casa; aquelas mulheres que não raspam as pernas e usam cabelo grande na bunda parecendo o primo *it* da *Família Addams*. Lula eu entendo, porque é um rato da política, tá fazendo isso só pensando no voto dessa gente pra tentar ganhar a eleição. Coitado, não ganha nunca!, mas o que eu me pergunto é: onde estão os radicais? Onde estão os estudantes? Enfim, foda-se, agora tenho uma empresa que presta serviços para quem organiza festivais como o *Abril pro Rock* e o *Rock in Rio* e estou sobrecarregado porque esse país é foda e eu tive que demitir dois funcionários porque não consigo pagar tudo que a lei trabalhista exige que eu pague, quando em outros países, tipo Estados Unidos, o governo é que paga pra você empregar funcionários, e agora tenho que fazer o trabalho que era deles pra conseguir manter os mesmos rendimentos. Tudo errado nesta merda, tudo errado!

Eu não sabia bem o que dizer, aliás, nem sabia se ele me ouviria se eu dissesse algo. Eram tantas coisas em tão poucas palavras. Era como se alguém abrisse um jornal dadaísta e subisse num banquinho, ao meio-dia, em plena Conde da Boa Vista, para anunciar as notícias e publicizar os anúncios e dizer que o céu agora é vermelho e amarelo e chama-se *Shell* por ocasião da venda dos *naming rights* da abóbada celeste e eu ficasse ali embaixo, embasbacada, apenas olhando e ouvindo.

Pense num buruçu!

Foi um respiro, ele continuaria a sua história e já tomava fôlego quando Tio Chico o interrompeu e carregou para longe de mim.

Pensando em retrospectiva, acho que foi essa conversa que juntou o meu destino ao de Heitor Nichilo. Eu jamais ajudaria um amigo da minha irmã como eu o ajudei, primeiro porque ali eu soube que ele não era amigo de Vânia, segundo porque eu podia sentir o seu desespero e algo me dizia que eu não podia fazer nada, e sempre que tudo me diz que eu não posso fazer nada, é aí que eu tento fazer alguma coisa. Por último, era a primeira vez que alguém discorria um mal-escrito romance de formação diante de mim em um parágrafo.

Pois é, a partir dessa biografia *for dummies*, passei a acompanhar de perto os passos de Heitor Nichilo. A motivação me é evidente, mas o objetivo não. Queria eu evitar que ele fizesse alguma merda contra alguém? Queria eu evitar que ele se metesse numa grande encrenca típica de *Sessão da tarde*? Queria eu impedir que ele acabasse tarando alguém? Queria eu, apenas, segui-lo para ter acesso à fofoca em primeira mão? Queria eu alguma emoção nesta vida de se esfolar durante a semana para não morrer no domingo? Eu não sei o que eu queria com aquilo, mas as coisas são como são: caóticas!

E como diria Saramago: o caos é uma ordem por decifrar.

O fato é que eu vi quando Celia Rodriguez botou os olhos nele. Qualquer um que visse aquele olhar, com toda a certeza do mundo, saberia que o nome daquilo não era maldade de quem prepara uma emboscada, mas sim malícia de quem prepara uma sentada.

Uma mulher reconhece. Aquela mulher estava úmida!

Se houve alguma armação prévia com aquela mala, partiu de Boris, sem a participação de Celia Rodriguez. Sim, ela obedeceu a ordem de Boris ao voltar praquele quarto a fim de pipocar a cara de Heitor Nichilo, mas foi ali do momento. Quem estava na festa e viu quando ela partiu pra cima dele sabe que o nome daquilo é tesão, então, essa tese só podia mesmo vir da polícia, que não estava lá enquanto uma festa particular acontecia dentro de um prédio público tombado e em reforma de restauração sabe-se lá autorizada por quem e não entende porra nenhuma de tesão!

O que a polícia precisava, nesse caso, era ligá-lo ao tráfico de drogas porque, de tempos em tempos, a polícia precisa escolher entre os traficantes algum pra rodar em nome da propaganda da guerra às drogas, do equilíbrio do ecossistema do tráfico e do bom andamento de todos os negócios que se desenrolam ao seu redor, como o negócio dos grupos de extermínio & milícias associadas.

Além de, evidentemente, manter a população negra, cujos ombros ergueram e erguem este país Brasil, sob medo constante da tortura, da cadeia e da morte.

O problema de criar corvos não é que eles te comem os olhos, mas é que os olhos são apenas a *entrée*.

Um cara tinha acabado de me interpelar perguntando *o que uma menina tão linda que curte rock and roll faz numa festa como esta* e eu estava tentando explicar que a vida, mesmo pruma menina tão linda que curte roquenrol, como eu, ainda não é tão mecânica a ponto de as pessoas terem de preencher mentalmente uma planilha com coisas do tipo o quê, quando, onde, quem e por quê antes de sair para algum lugar para o qual lhe convidaram ou não, para uma festa como esta ou aquela, quando vi toda a cena de um lugar privilegiado: de frente para Heitor Nichilo.

Ao contrário da cara de eu quero esse pau agora de Celia Rodriguez, a cara de Heitor Nichilo estava mais para pelo amor de Deus, alguém faça alguma coisa!

Infelizmente, o sujeito não parava de tagarelar e em cinco minutos de monólogo, um *introitus brevis*, portanto, eu já sabia que ele estava num mestrado de antropologia na federal, comprava, naqueles dias, um sitiozinho em Aldeia pra viver em comunidade com uns amigos; tocava violão e pandeiro, fumava maconha, que ele chamou de bagulho, mostrando uma intimidade quase castiça com a coisa, e já tinha feito *menage à trois*, mas, se eu queria saber, e eu não queria, ele não ficava muito à vontade com a situação porque sentia que não conseguia se entregar por igual às duas garotas que, por um azar do caralho, transavam ao mesmo tempo com ele, de modo que havia uma certa teia de privilégios circundantes que resultava no que ele chamava de privilégio da atenção, inclusive sendo este o título de uma *thread* sua no *Twitter* que amealhou milhares de retuítes; por isso, não ouvi uma palavra sequer do que se disse entre Celia Rodriguez e Heitor Nichilo naquele primeiro entrechoque.

Porém, quando eu consegui demonstrar desinteresse o suficiente, quase parecendo sofrer de *Escitalopram* e prestes a sair, em êxodo, pralguma ilha deserta de uma multidão de zumbis felizes, o sujeito falador esticou o pescoço e, muito provavelmente, viu uma outra menina linda que gosta de *rock and roll* para perguntar o que ela fazia numa festa como aquela. Foi no exato momento em que Celia Rodriguez deu a segunda encoxada em Heitor Nichilo, que mais parecia a mistura de uma vestal com a esposa de um estorvo.

Aí tudo aconteceu muito rápido.

Eu me virei por uns quarenta e cinco segundos, no máximo, para pedir uma bebida e o pau estralou entre Celia Rodriguez e um dos seus, digamos assim, subordinados.

Pelo que pude perceber, o cara se enciumou porque a chefa dava seguidas encoxadas num carinha que ninguém sabia nem quem era e aparecera do nada aquela noite para comer a mulher que mandava neles, ou seja, pelo código ancestral da macheza, quem come a rainha automaticamente vira rei. Se tal código contivesse um tantinho assim que fosse de verdade, os livros de história teriam um nome específico para tratar um bobo da corte que virou rei. Evidentemente, ninguém queria um rei novo no pedaço, afinal, mudanças de poder trazem muita instabilidade, sobretudo num ambiente cuja harmonia mantém-se pela sola da bota e pelo chumbo quente.

Daí veio o encontrão do subordinado em questão em Heitor Nichilo. Quem aí tiver boa memória há de se lembrar da quarta série do Ensino Fundamental e saberá muito bem como foi o encontrão dado pelos dois homens, ainda que um deles tenha participado do evento apenas de modo passivo. É uma técnica que muitos homens aprimoram ao longo dos anos ao ponto de transformá-la em arte!

Celia Rodriguez não gostou nada nada daquele barulho pra cima do que ela já chamava, naquele instante, de meu macho. Por isso, deu uma tapa em seu pau mandado que se ela desse num jumento era capaz de derrubá-lo.

A partir desse momento, Heitor Nichilo, que desde a primeira encoxada demonstrou um incômodo desesperador, passou a exalar o medo pânico típico de quem vê a Morte chegando.

Então, tive a ideia do incêndio. Aquilo poria fim àquela agonia, Heitor Nichilo iria embora para sempre e eu poderia voltar para casa. Se eu pensei no fato de o Chanteclair ser um prédio tombado e considerado patrimônio material do povo do Recife? Não.

Foi fácil como tocar fogo numa festa qualquer.

Os, digamos assim, seguranças de Boris vigiavam os quatro cantos do Chanteclair, naquele momento, mas eles não procuravam uma adolescente piromaníaca. Os caras não tiravam o olho da rua, de onde poderia surgir alguma ameaça, nalgum momento, e das pessoas autorizadas por Boris a entrar armadas, que constituíam realmente perigo, na cabeça deles. Toda polícia é assim: não pode procurar um crime, porque o crime é só uma ideia abstrata animando umas palavras nuns importantes pedaços de papel, então, procura o criminoso, uma ideia concreta com cor, gênero e classe social específicas, existentes no garimpo selvagem que é o imaginário social brasileiro.

Peguei o meu isqueiro e caminhei tranquilamente até a parede às costas do DJ. Comecei por ali a botar um ponto de fogo a cada metro de cortina e quando o fogo subiu em labaredas lambendo as paredes já era tarde demais para encontrar o culpado e apagar o incêndio, de modo que as pessoas que poderiam me pegar estavam muito ocupadas jogando toda a água disponível nas paredes.

Quando consegui, enfim, sair da festa, não encontrei nenhuma das pessoas que chegaram ali comigo, mas vi de um ângulo privilegiado, de cima para baixo, o momento em que Celia Rodriguez subiu em sua moto dizendo a um cara *voy atrás de ele ou no me chamo Celia Rodriguez*.

Essa foi a leitura labial que fiz, porque a zoada da fuga do prédio não me permitia ouvir o que ela estava realmente dizendo. Então, pode ser que ela tenha dito algo como porra, justo na hora que eu tava mijando!

Enquanto procurava as pessoas que chegaram ali comigo, sobretudo minha irmã, no meio da multidão, avistei Boris saindo do Chanteclair com uma tamanha fúria nos olhos que se eu precisasse descrever o seu estado de espírito, diria: espírito de porco!

De qualquer forma, o meu pressentimento foi de que ela iria atrás de Heitor Nichilo. Não errei, a moto dela foi a primeira coisa que vi ao descer do táxi na porta do Hotel Jefferson, onde, algumas horas antes, eu tinha visto o cara se aproximar pela primeira vez.

Boris não passou por mim, de modo que ou ele tinha acesso a uma entrada alternativa que não passava pelo saguão, ou ele havia chegado antes e já estava lá dentro quando eu cheguei.

Tudo se deu muito rápido, eu sequer havia decidido se o melhor era subir até o quarto dele sem me anunciar ou falar com a recepcionista, fazendo-me anunciar pelo interfone, ou apenas aguardar, sentada ali, numa poltrona imensa e desconfortável, até o momento em que Heitor Nichilo saísse do hotel para fazer algo ou apenas ir embora.

Heitor Nichilo passou por mim em disparada e eu, instintivamente, o segui, assim, sem pensar, desesperada e horrorizada, como se já vivêssemos no ano de dois mil seiscentos e sessenta e seis, ano do *Angelus Novus*.

A fuga dentro daquele Gol 2000 duas portas preto perolado é um episódio pisado e repisado dessa história toda. Todo mundo já sabe dessa ladainha de Roberto Samango, cujo pendor para o que eu chamo de fábulas de fadas fascistas transformou alguns segundos de briga dentro do carro sobre o que deveria ser feito a partir dali em um tratado filosófico chamado Prolegômenos do Mito Infantoadutil como Fundamento do Reacionarismo Anticomunista.

Heitor Nichilo nunca me sequestrou.

Tenho a impressão de que não conseguiria fazê-lo mesmo se quisesse. Aliás, aquele homem não parecia querer nada além de se escapulir pra fora do mundo, prum lugar onde pudesse ficar sozinho.

Eu disse o que disse no tribunal porque fui obrigada: meu tio ameaçou me mandar pra morar no interior do Piauí! Pior: depois de eu falar o que ele queria que eu falasse, ele conseguiu piorar o castigo entre a ameaça e a sua execução, coisa rara no mundo: internou-me num hospital psiquiátrico desses que arrepiam os cabelos da nuca em filmes de terror psicológico.

O que aconteceu na real foi bem diferente daquilo. A verdade é que nós levamos uns quinze minutos para sair do Hotel Jefferson e chegar ao Morro dos Guararapes. Nesses quinze minutos eu defendi que ele deveria se entregar e lutar pela sua inocência e ele defendeu que deveria fugir para não sei onde e mudar de nome e começar uma nova vida do zero, como quando a gente deixa de gostar da personagem criada numa mesa de RPG, rasga a ficha de personagem e, do barro e da água e do sopro divino, às vezes com a adição de uma costelinha, cria uma personagem novinha em folha.

A inocente era eu, na verdade, mas Heitor Nichilo também não estava certo. Não é incomum que, numa discussão, ambos estejam errados sobre um determinado assunto, o que era bem o caso.

Fugir para onde, Heitor Nichilo?, foi o que eu lhe perguntei.

Não sei, ele começou dizendo, mas sei que se eu me entregar serei preso e comerão o meu cu na cadeia!

Isso pode não acontecer, argumentei, pode haver detalhes que te inocentem, isso não é incomum, sobretudo pra você que é um homem branco de classe média alta.

Essa última frase eu não disse, lá na hora, mas agora, pensando melhor, deveria ter dito porque cai como uma luva na situação.

O que eu disse, na real, foi: tem uma mulher morta num quarto de hotel e tu tá preocupado com o teu cu numa hipotética prisão que, sabemos nós dois, não virá?

E foi isso: seguimos discutindo se ele deveria ou não se entregar à polícia ou contactar alguém que ele pudesse chamar de meu advogado para parecer que ele tem um advogado como os pais dele tinham um médico da família, como fossem gerações e gerações de aristocratas descritos por Tolstói, Dostô, Alexandre Dumas ou Machado de Assis.

Heitor Nichilo não se entregou, como você já sabe.

O Morro dos Guararapes foi uma parada aleatória por falta de gasolina, ele não queria parar lá. É descabido e fantasioso que Miguel Padilha D'Ávila tenha escrito aquela dissertação de mestrado pavorosa cuja edição em livro a Record anunciou para 2023. Pelo título do trabalho já se vê que ele não sabe nada sobre aquela noite: *Morro dos Guararapes: ocaso e simbolismo na construção da via-crucis da machez̧a nordestina*. Toda a argumentação dele é uma leitura de baixa seriedade sobre como o mito fundacional do Exército Brasileiro, que afirma o Exército Brasileiro como tendo sido criado nas Batalhas dos Guararapes, naquele morro, contra os holandeses invasores, se liga ao ocaso de Heitor Nichilo, uma espécie de elo perdido entre o macho orgulhoso de sua posição de gênero na sociedade e o macho acuado e sempre raivoso e misógino das décadas iniciais do atual século.

Burro, simplesmente burro.

A começar do fato de Heitor Nichilo ter parado ali por acaso, por falta de gasolina, e eu ter proposto a subida do morro para ganhar tempo com ele e convencê-lo a se entregar antes que nos encontrassem. Só isso já invalida o simbolismo do lugar, como se Heitor Nichilo estivesse ali mandando uma carta para o mundo dizendo *veja no que se transformou a macheza num grande vale de lágrimas diluindo um pouco todo o sangue de um eterno esfolar a si e às outras* e isso é, simplesmente, burro.

Sim, minhas propostas eram muito ruins naquela época. Ou envolviam incêndio de prédio histórico, ou subir a pé um morro que de carro, numa pista mais ou menos nivelada e sem qualquer vegetação nos comeria dez minutos.

Subimos, de todo modo, e, enquanto nos agarrávamos a galhos e troncos para não descer rolando o que já subíramos, discutíamos a mesmíssima questão que nos havia guiado até ali.

Ele não se entregará, era o que eu pensava.

Também é falso que Heitor Nichilo e eu tenhamos discutido sobre a morte da mulher porque a primeira vez que eu falei nisso foi na nossa última conversa, como eu acabei de relatar. Antes de chegarmos ali, tudo o que a gente tinha conversado tinha se guiado pelo fato de ele ter entrado no carro gritando *puta que o pariu eu vou ser preso* e toda a minha argumentação sobre ele se entregar desconsiderava completamente a natureza de seu crime porque, mesmo que eu já tivesse ouvido a história sobre o escorregão e a testa batida naquelas porcarias bregas de loja chique do shopping, ele poderia estar mentindo e realmente ser o assassino dela, né? Eu tinha acabado de conhecer o cara! Típico pensamento adolescente que se apaixonou pelas lambidas teóricas a que começa a ter acesso na escola e, depois disso e por mais uns bons anos, só conseguirá pensar o mundo de maneira abstrata e global a partir de conceitos de livros didáticos. Eu defendia que ele se entregasse por uma questão de princípio: se você diz que não é culpado, então se entregue e prove a sua inocência. O que só comprova a inocência intrínseca à adolescente apaixonada pelo sobejo de teoria que andava comendo na escola.

Talvez eu tenha, de fato, ele disse, quando chegamos lá em cima, matado ela.

A minha resposta foi dar dois passos para trás pensando *puta que o pariu esse cara matou aquela mulher mesmo*

Na verdade, não matei, matei, ninguém, ele disse e eu pensando *isso é sempre a primeira coisa que dirá um assassino*

O que aconteceu exatamente?, perguntei, enfim.

Celia Rodriguez queria me matar e apontou o revólver pra mim, porém, quando eu fechei os olhos e comecei a imaginar a bala explodindo minha cabeça em câmera lenta igualzinho àquele vídeo famoso que traz uma maçã no lugar da minha cabeça, o que ouvi, na verdade, foi um baque seco e grave. Quando juntei coragem suficiente para abrir os olhos, vi Celia Rodriguez com sangue minando da cabeça e se espalhando pelo tapete, a pistola havia voado de suas mãos e parado embaixo da escrivaninha barra penteadeira e a porta do corredor escancarada. O único pensamento que me veio foi: preciso fugir agora!

Aqui, neste ponto da história, eu sinto muito por uma coisa: não saber que a polícia encontraria a mala preta de dinheiro que vi no quarto de Boris ao pé da cama da qual, ele me contava naquele instante, havia se levantado. Eu poderia perguntar a Heitor Nichilo se ele havia visto a mala e a resposta dele elucidaria a questão sobre a presença de Boris naquele corredor.

A mala foi colocada lá antes ou depois de Heitor Nichilo fugir do quarto? Se foi antes, havia outra mala nas mãos de Boris e justifica-se o fato de que nem ele, nem ninguém, aparece mais no vídeo da câmera de segurança do corredor entre a saída de Heitor Nichilo de seu quarto e a chegada dos primeiros curiosos para ver Celia Rodriguez estirada no chão; se foi depois, o vídeo da câmera de segurança foi editado e o caso precisa ser reaberto.

Tanto faz, não faz diferença, ele disse, porque se você prestar atenção nas coisas, ela estava certa quanto ao fato de eu ter, sabe, brochado, lá, na hora, porque tinha medo dela, de modo que é verdade que a minha insegurança e consequente paumolice foram o princípio de todos os pequenos passos subsequentes que construíram a história que termina com ela morta, estirada no chão. Se eu tivesse correspondido, como corresponderia se ela fosse ela, mas não Celia Rodriguez e sim Sebastiana Barreto, a gente teria fodido ali mesmo e pronto, cada um para o seu lado depois e tudo certo. Então, de certa forma, eu a matei.

Daí ele começou a me contar aquela noite como se eu não tivesse participado dela desde o início.

Curiosa foi a sua visão sobre a conversa entre ele e Sputnik. Ele me contou que o papo acabou com ele dizendo *eu sempre fui muito rebelde meio comunista mesmo mas também sem ser muito radical papo de revolução armada e coisa e tal não é comigo até porque veja se a gente leva tudo ao pé da letra isso nos levará a uma guerra civil se não tomarmos muito cuidado mas também eu acho que determinadas tradições brasileiras devem ser respeitadas e todo esse papo de ficar dividindo as pessoas em categorias tipo dia da consciência negra banda raça negra e tals por que não ter um dia da consciência humana uma banda raça humana* ou seja, um papo muito diferente do que sempre relatou Sputnik nas suas muitas entrevistas sobre o caso.

O que mais me deixa acreditando que foi uma mentira contada a mim por Heitor Nichilo é que o Sputnik atual, pastor Emiliano, teria muito interesse na versão da conversa de Heitor Nichilo, uma vez que ela comprova a sua tese de que o comunismo busca se adaptar às tradições brasileiras para, falando manso, conquistar os desavisados.

De qualquer modo, foi isso o que ele me disse ao relatar a conversa que teve com Sputnik naquela noite.

Uma hora ele cansou de relatar fatos acontecidos na minha presença enquanto eu dizia eu sei, eu estava lá. Até este instante, Heitor Nichilo falava num frenesi quase insaciável. Ele quase atropelava uma palavra com a sua conseguinte, falava como se a sua bateria pudesse acabar a qualquer momento, desligando-o e impedindo-o de dizer o que fosse, e enquanto isso não acontecia ele seria puro som e fúria!

Começou a chover e fomos nos encostar na parede lateral da igreja. Não havia poste de luz nas imediações, tampouco qualquer holofote que iluminasse a igreja imensa, de modo que o lugar estava sob penumbra. Das sombras, emanava um forte cheiro de querosene, provavelmente vindo de uns tambores azuis e pretos, ou pelo menos eram essas cores que eu via na pouquíssima iluminação disponível, encostados mais adiante.

Pela primeira vez, pensei que aquela cena poderia ser interrompida pela chegada de algum segurança do santuário. Por um lado, torcia para que isso acontecesse, pois já previa, de certo modo, um desfecho trágico praquilo tudo; por outro lado, sabia que se Heitor Nichilo fosse pego como fugitivo, qualquer depoimento seu estaria, de antemão, sob suspeita.

Afinal, Heitor Nichilo era branco, mas não tão branco assim, era tipo um *off white.*

Num momento, ele percebeu que narrava a noite, numa espécie de autoflagelo cheio de autopiedade, para alguém que tinha acompanhado tudo, ainda que a partir de outro ponto de vista. Então, pareceu cair numa profunda depressão dizendo *o fato é que não fujo da cadeia mas de mim mesmo e há anos*

Eu posso jurar que, antes dessa frase, Heitor Nichilo era só medo e temor, mas, contraditoriamente, também me parecia vivo, eufórico.

Talvez, e eu quero sublinhar com força que todo talvez é, na verdade, um não saber, havia, nalgum nível, uma certa empolgação por estar vivendo uma aventura absolutamente inédita na sua vida.

Entretanto, a profunda depressão sobreveio e o levou a lugares tenebrosos.

Sabe o que vai acontecer?, ele me perguntou, sem querer resposta. Eu sei e vou te dizer: vou me entregar ou ser apanhado, os caras vão fazer de tudo pra me prender, mesmo que eu diga o que aconteceu de verdade e eles não tenham provas suficientes contra mim, porque é assim que acontece quando há um corpo estendido no chão num hotel bem conceituado de um bairro turístico de uma cidade conhecida e toda a imprensa veicula tudo isso: a resolução tem que acontecer a qualquer custo, ainda mais quando se trata de um homem assassinando uma mulher, porque causa mais comoção na sociedade.

Que fique registrado que essa última consideração de Heitor Nichilo contraria as estatísticas disponíveis.

Daí, continuou ele, sendo preso, eu com essa cara de menino criado em prédio empinando pipa com ventilador, serei transformando na *miss* presídio e um sujeito chamado Ananias raspará a minha bunda pra deixá-la lisinha qual duas carecas postas lado a lado, enquanto eu imagino o tamanho do pau de cada um daqueles miseráveis que me estuprarão noite após noite e às vezes de dia também. Minha mulher, em vez de se esforçar pra me tirar da cadeia, apoiará a decisão dizendo *se ele achou por bem sair caçando mulher e tudo isso deu muito errado o problema é todo dele* e escreverão colunas de jornal me ridicularizando, farão charges, talvez algum desses músicos ressentidos comigo por algum motivo comporá uma canção chamada *Heitor Nichilo, o idiota* e quando eu sair da prisão estarei coberto de tamanha inglória que citar o meu nome em uma sala de negócios gerará batidinhas na madeira e alguém dizendo *cruzes* e tudo isso, simplesmente, porque eu tive a péssima ideia de brincar com fogo.

Bicho!, contra-argumentei, tá ligado que nada disso aconteceu ainda, né? E, por não ter acontecido, tu não pode saber, porque, em se tratando de acontecimentos, todo conhecimento só pode se dar em retrospectiva, ou seja, todo olhar para o futuro é apenas uma hipótese da sua cabeça. Aliás, só digo uma coisa presse seu fatalismo: para-béns!

Você é uma criança, ele me disse. Não sabe como funciona o mundo.

Então, por favor, sabichão, me digaí como funciona o mundo!

Óbito, ele disse enquanto eu suspirava pensando *odeio quando o cara sente intimidade suficiente para engolir o súbito e me chamar apenas de óbito* e ele levava as mãos à cabeça. O caso é que eu sou uma farsa completa e, a cada dia que passa, passo a passo eu vou me transformando num peso de papel. Eu sempre consegui esconder isso de todo mundo, inclusive de mim, com subterfúgios e humor autodepreciativo, mas agora, com toda essa merda sobre mim vindo à tona, todo mundo, inclusive eu, verá a farsa que eu sou, um oportunista sem muito senso de oportunidade e um escroto que sequer tem a capacidade de fazer acontecer a própria escrotice.

O seu medo, Heitor Nichilo, disse eu num pretenso tom professoral atrapalhado pelo aparelho odontológico na minha boca que me fazia falar meio fofo de vez em quando, o seu medo é vão: desde que você chegou perto de mim eu percebi tudo isso aí. Todo mundo já sabe quem você é, e quer saber de uma coisa? Ninguém liga!

Eu tentava, de fato, convencê-lo, na medida em que eu mesma estava convencida de que ninguém ligava para ele, nem para mim, nem para ninguém. A certeza da minha voz, naquele momento, só é comparável à certeza de um comentarista de televisão sobre qualquer assunto que lhe caia na pauta, porque assim como ele, a adolescente aqui sabia de tudo!

Piorei a situação, evidentemente.

Heitor Nichilo cobriu o rosto com as mãos em concha e dizendo *vai embora daqui menina finja que nunca me conheceu* saiu caminhando rumo à porta lateral da igreja.

Eu não vou pra canto nenhum, eu disse, não vou deixar tu tomar outra decisão merda que vai te atolar ainda mais nesse cu de boi. Tu poderia ter evitado todo esse buruçu somente contando a verdade à polícia.

Não é assim que as coisas funcionam...

Como não?, contrapus, nervosa, tu é um produtor cultural, tá hospedado em hotel de Boa Viagem, cheio de papo com gente famosa, a mulher sangrando lá no chão estendida é uma traficante, vão encontrar presença de tudo quanto é merda tóxica no sangue dela, peruana ou paraibana; tu acha mesmo que vai dar ruim pra tu? Como?

Tu não sabe nada sobre mim, disse ele, num sussurro meio enervado.

Eu via o corpo dele inchando enquanto ele aspirava cada vez mais ar, respirando cada vez mais fundo, tipo aqueles cururus, sabe?

Isso não é sobre você, meu velho!, cuspi, nem tudo é sobre você, cara, às vezes, algumas coisas são sobre nós. Desde o começo da noite eu já ouvi a tua história três vezes, uma dessas vezes foi tu mesmo que me contou, então, eu acho que eu posso tirar algumas conclusões sobre quem é Heitor Nichilo!

Essas palavras doeram um pouco lá nele, eu pude sentir.

A vida para mim foi sempre uma festa, Óbito, tudo entretenimento, ele começou dizendo. Todas as minhas dores, todos os revezes, sentimento de rejeição e os caralhos, tudo tudo indo pra debaixo de um tapete enquanto eu ria, fazia graça e ganhava dinheiro pra todo mundo rir feliz. Eu nunca tratei nada com seriedade, sabe? Nunca levei as palavras que saíam da minha própria boca a sério, como se elas fossem de verdade. Tudo o que importava para mim é que a galera estivesse de copo cheio, curtindo o som e me amando e idolatrando. Nenhuma grande realização pessoal, saca? Nada de deixar legado no mundo e coisa e tal. Nada de participar dos grandes movimentos histórico-sociais de que sempre me falou Teresa. Não, tudo o que eu queria era ficar fora dessa merda toda cheia de malícia, maldade e maracutaia. Por outro lado, todo papo sério, principalmente quando eu estava com os amigos de Teresa, eu transformei num jeito de fazer grana, de movimentar a economia e a sociedade, de gerar oportunidade de emprego e de negócios. A onda é contestação ao governo? Eu armo o Festival da Rebeldia. A onda agora é astrologia e espiritualidade, Era de Aquário e tal? Eu animo um *spa* em Ilhabela prum *detox* espiritual. Isso não é um crime, é? Não, não é, mas eu também não fico satisfeito com isso dito. Não é à toa que eu fui o ídolo dos idiotas que passaram a vida inteira presos à adolescência: é porque eu sou um deles. O melhor deles, o mais destacado, talvez um líder, num dado momento? Sim, mas, ainda assim, um idiota. É claro que eu sei porque há criancinhas passando fome e sendo prostituídas nas beiras das estradas deste imenso país, é claro que sim, mas todo mundo que me diz saber como resolver esse problema, na verdade, fala, fala, fala, não faz porra nenhuma, e tudo permanece como está, e tudo o que esses tagarelas sabem é fazer zoada e impedir que a gente se divirta, só isso, porque essa tagarelagem toda não muda nada, continuam a mesma malícia, as mesmas maldades e as mesmas maracutaias de um lado e as mesmas fomes e indigências do outro. Então, meu chapa, se você só vem aqui, no meio da minha festa, pra esfregar essa criança faminta na minha cara, dizendo o que o governo tem que fazer e nunca faz, só pra botar gosto ruim, vá pra puta que o pariu!

O que tu tem que perceber, Heitor Nichilo, é que quase todas as pessoas do mundo são assim: estão tentando apenas sobreviver. Uns com mais malícia do que outros, uns recorrendo a quaisquer armas que têm na mão, tá todo mundo mais ou menos na mesma, com nuances aqui e acolá.

Não há o que fazer...

Também não é pra tanto, eu disse, enquanto há vida, há esperança, era o que dizia o meu avô, que morreu no século passado.

Esperança?, ele perguntou, subindo o tom de voz. O que tu sabe da vida, menina? Tu não completou nem dezoito anos ainda...

E isso não impediu de você passar a noite inteira cercado de coisas ilícitas na minha presença, né?

Não, vei, não!, ele gritou. E sabe por quê? Porque eu sou mesmo um irresponsável como dirá Teresa quando souber disso tudo, daqui a uns dias, quando der por minha falta! Mas mesmo sendo a porra de um irresponsável, eu sei que você não tem moral nenhuma pra chegar aqui me chamando de produtor cultural, hospedado em Boa Viagem e não sei o que mais lá...

Não era um xingamento.

Mentira, era sim, ele gritou, você acha que eu não reconheço ironia?

Olha, às vezes faço isso mesmo, confessei, mas neste caso específico, não foi, eu juro!

Mentira!, ele repetiu, eu sei bem o que você quer dizer com todo esse blá blá blá, querendo que eu me sinta culpado pelas merdas que eu sei que faço, porque eu tenho mais grana que ela, porque eu moro em São Paulo *et cetera*, mas isso não tem nada a ver, você mesmo diz que todo mundo faz...

Pois é, cara, todo mundo...

Eu percebi, no ato, que ele estava num ponto de virada. Arfante, pronunciava as palavras como mastigasse lentamente as letras, quebrando-as em tantos pedacinhos que bastava uma triscadinha pra se cortar profundamente. Por isso tentei, em vão, distensionar a conversa.

Então eu já estou condenado de saída, ouviu bem? De saída! Porque se todo mundo faz, o que é que tem demais que eu faça igual a todo mundo?

Mas estamos falando de quê, exatamente, cara?

De tudo!, Óbito Súbito, de tudo! É tudo uma grande mentira: a gente nasce e nos prometem tudo, carinho por todos os lados, babá e o escambau, aí a gente vai crescendo e, um a um, os sonhos morrem: metem um negócio nada a ver no teu personagem favorito só pra agradar patrocinador, repetem, repetem, repetem que esse ano vai, as coisas vão dar certo e o noticiário será lindo, mas é todo ano igual: guerra, fome, corrupção, maracutaia, um terror! E tem mais: tá tudo desmantelado, misturado: o rockeiro tatuado é reacionário e o ex-aluno do Band é de esquerda! Eu não aguento mais essa gentinha arrogante metida e inteligente como você, que aprendeu a limpar a bunda um dia desses e quer dar lição de moral em quem está aqui lutando contra o dia há décadas, sabe? Eu não aguento mais esse monte de etiqueta que vocês ficam colando nos outros como se a gente estivesse, todo mundo, exposto numa vitrine da virtude! Sabe o que eu quero, Óbito Súbito? Eu quero que você e essa sua gente muito correta, sabidinha, chata pra caralho, suma, desapareça, porque depois que vocês chegaram tudo foi ficando uma merda até ficar insuportável! Eu fico imaginando o entretenimento que esta noite gerará por anos e anos e anos, servindo para discussões acaloradas sobre a minha personalidade; discussões cheias de considerações sobre minha falha moral.

Que entretenimento, cara, cortei, também pegando um pouco de ar. Ninguém tá falando de você agora, a não ser a galera que saiu com a gente hoje à noite e, talvez, tua mulher. Só, ninguém mais tá nem aí pra tu.

Mentira!, ele disse pela terceira vez. Enquanto você tá me dizendo aqui: calma, vai ficar tudo bem, não precisa ser tão radical, outras pessoas estão esperando ansiosas pra pintar uma história como essa para que eles possam assassinar mais uma reputação.

Heitor, que tal a gente se concentrar no problema que temos aqui, agora?

Problema que temos?, ele disse, rindo. Tu não tem problema nenhum, quem tem problema sou eu e o meu problema se chama você! Celia Rodriguez sangrando no tapete do meu quarto é o de menos, o que me fode é essa sua cara de madre superiora do comitê central! Quer saber de uma coisa? Foda-se! Digam que o que fiz foi bem-feito, porque eu sou mesmo um canalha que merece morrer ou tenham pena de um cara incompreendido que, apesar das falhas de caráter, tem um bom coração. Dá na mesma! Vocês só ficam fofocando sobre a vida alheia para se sentir moralmente superiores, que é pra ver se se esquecem de que vocês vivem num país que mata de susto, de bala ou vício, além de fome e miséria, milhões e milhões de pessoas em milhões e milhões de quartos de despejo, ao longo dos séculos, apenas porque um punhado de magnatas vivem como deuses, com poder de vida ou morte, sucesso ou fracasso, sorte ou azar, sobre todas as demais cabeças do mundo e vocês não fazem absolutamente nada quanto a isso, assim como eu, do mesmo jeito, igualzinho, com a diferença de que vocês vão assistir filmes sobre guerras num Sesc qualquer e saem de lá pra dizer que o capitalismo é feio, que a vida é tão dura *et cetera* e vão tudo dormir no quentinho em casa, pouco se fodendo para o fato de que, no outro dia, vocês começarão a fazer tudo igual de novo, até a nova guerra, até o novo filme, até a nova crítica, e a crítica da crítica, e a ressignificação da crítica, e a ressignificação da ressignificação, eu sei, menina, eu sou casado com uma professora universitária. Nós, eu e você, somos iguaizinhos! E tudo isso para quê? Tudo isso apenas pra ninguém dizer que vocês são alienados quando, na verdade, é muito pior do que isso porque a real é que somos todos indiferentes, só que eu não tenho vergonha de assumir isso, e vocês, por terem uma brutal vergonha de serem indiferentes, nos odeiam porque nós sabemos ser felizes no meio dessa merda toda que é o mundo, e vocês não sabem porque estão atolados até a testa num barril de culpa e, olha, dez mil vezes estar atolado num barril de merda! Não federia tanto quanto essa geração lixo que o Brasil pariu!

Ah, vai se foder, seu merda!, explodi, dei as costas para ele e saí pisando duro.

Adeus!, ele gritou. Vá e mate outros por aí!

O cara precisa ser muito escroto, né? Eu não tinha qualquer obrigação de estar ali, tentando convencê-lo a não fazer uma merda pior do que as que já tinha feito, mas lá estava eu, porque, por algum motivo que nunca soube explicar, sentia que precisava fazer alguma coisa para ajudar esse idiota a não cometer as idiotices que ele cometeu, afinal, uma por uma, com gosto.

Na época, eu também não entendia o que diabos queria Heitor Nichilo, afinal, com aquele circo todo, e sempre que eu conto essa história por aí vem algum engraçadinho metido a crítico literário dizendo que alguns detalhes não são muito factíveis, que as oscilações no registro da linguagem são meio improváveis, ao ponto de me levar ao autoquestionamento sobre se eu deveria ou não continuar contando e comentando essa história por aí, principalmente porque isso sempre vinha atrelado a uma observação, nem sempre sutil, de que eu passei um ano internada num hospital psiquiátrico depois dos eventos da noite do dia vinte e nove de janeiro de dois mil e dois.

Depois desencanei das críticas, porque se a vida não tem qualquer compromisso com a verossimilhança, não serei eu a reivindicá-la para mim.

Não era exatamente isso que eu pensava enquanto descia quase correndo aquele morro, quando me virei uma última vez para trás e vi o clarão no céu.

Todo o santuário de Nossa Senhora dos Prazeres ardia no chão em chamas!

Corri de volta com todas as minhas forças, mas quando me aproximei novamente da igreja, nada mais havia a ser feito. Eu ainda vi a porta lateral entreaberta e a mochila de Heitor Nichilo ao pé dela.

O calor era tamanho que era muito difícil não se afastar.

Na minha mente, os tambores azuis de tampas pretas, o cheiro de querosene, toda aquela madeira, a porta lateral próxima ao lugar onde discutimos. Longe: barulho, sirenes, muitas vozes.

Eu não podia ser encontrada na cena daquela pira homissuicida.

Então, corri o mais rápido que pude até chegar aos fundos da rua Mário Melo, ali no Jardim Jordão, cabelos desgrenhados, morrendo de medo, apavorada. Só naquele instante eu me dei conta de estar sozinha, de madrugada, no meio de um bairro em que nunca antes havia posto meus pezinhos e sem fazer a mais pálida ideia de como voltar para casa em segurança.

Heitor Nichilo, afinal, queimava às minhas costas no Morro dos Guararapes e eu ainda tinha a vida inteira pela frente, era o que dizia uma voz na minha cabeça.

Essa história toda de que a cripta embaixo do santuário, onde estão enterrados os líderes da Batalha dos Guararapes, escondia outros segredos, eu só fui saber muito depois, porque na época ninguém comentava daquilo. Essa história é daquelas que quanto mais a gente mexe, mais coisa descobre. Não é à toa que após tantos anos esquecido, agora, em dois mil e vinte e dois, vinte anos após *O Caso do Hotel Jefferson*, quando a noite de vinte e nove de janeiro de dois mil e dois é apenas uma desvanecida lembrança de antigas manchetes de jornal, surja o interesse de uma *Netflix* para transformar o falso crime em espetáculo ocultando os verdadeiros crimes por trás de toda essa história e ganhar rios de dinheiro vendendo informação fragmentada, parcial e, além de tudo, requentada.

Bom, você que tem investigado a fundo a história de Heitor Nichilo e sabe de tudo o que aconteceu, com nomes, lugares e datas exatas, e sabe o que ele representou antes e agora representa, também não deve estranhar o longo silêncio e o espetáculo súbito.

É o de sempre: recepção e repercussão: longuíssimas discussões sobre o caráter de Heitor Nichilo, sobre o pensamento de Roberto Samango, sobre mim, cada pessoa se esforçando ao máximo para encontrar o seu algoz particular que lhe assegure o lugar de vítima indireta numa história da qual não participou; e eu só quero saber onde buscarão tantos heróis para salvar todas as vítimas do mundo. Daí vem uma enxurrada de memes, piadas ruins de paulistanos fazendo *stand up comedy* e a proliferação interminável de tuítes irônicos e/ou sarcásticos que gerarão tal caosfonia sobre tudo o que envolve *O Caso do Hotel Jefferson*, que o único lugar que nos cabe é: assistir, aplaudir ou vaiar a vida acontecendo lá fora, enquanto repetimos os mesmos memes para o nosso pequeno, breve e convulsivo deleite, ocupados demais, portanto, para fazer qualquer coisa que seja sobre esta merda toda que acontece por aí o tempo inteiro e enquanto os caras lá de cima seguem temperando o caldo e remexendo a fervura de onde nascem Heitores Nichilos, Celias Rodriguez, Boris, Robertos Samangos, Sputniks e Óbitos Súbitos, e bolando mais um jeito escroto de espremer nossos pescoços, levando em consideração, evidentemente, critérios de raça, etnia, gênero e classe social, sem errar pronomes nem usar o imperativo, respeitando nossas diferenças e fodendo a nossa vida indiferentemente: é o espírito do tempo!

Depois: silêncio absoluto. Nalguns meses, perguntarão: Heitor *who*? Não importa, todo dia haverá um novo idiota pra gente chamar de idiota e fazer meme e escarnecer publicamente.

Ainda vamos todos morrer de rir...

O EPÍLOGO

No dia três de fevereiro de dois mil e dois, um domingo de sol em brasa no Recife, Óbito Súbito, enfim, tomou coragem e contou tudo sobre o suicídio de Heitor Nichilo ao seu tio, que escalou o papo até um amigo policial, que subiu a informação pro delegado, que notificou informalmente ao secretário de segurança defesa social do estado de Pernambuco, que mandou lá um sujeito para dar uma melhorada na confissão da menina.

Em entrevista coletiva dada diante do lugar onde ficava a igreja, o delegado da polícia civil responsável pelo caso, Amaro Tiné, afirmou que nenhum corpo foi encontrado nos escombros, o que contrariava a versão de Samenina Pedra, que afirmava ter visto a mochila dele no pé da porta em chamas e não ter visto ele sair em momento algum.

O que ele não sabia é que algum dos seus homens, ou algum bombeiro, ou alguma outra das dezenas de pessoas que participaram do combate às chamas dera uma entrevista anônima para Rafael Sevandija, contando que haviam encontrado algumas dezenas de ossadas enterradas abaixo da cripta.

O relato dizia que o fogo e as estruturas despencadas do alto abriram passagem para uma vala comum onde estavam largados dezenas de esqueletos.

O governo disse que aquilo era pura invenção para vender jornal e sepultou o caso. Só não esperava que, dez anos depois, em 2012, um ex-agente do DOI-CODI, Jorge de Pádua, delatasse que ali, debaixo da cripta da igreja, era um local de desova de cadáveres assassinados por grupos de extermínio ligados à ditadura.

Como nunca se falou em corpos, Heitor Nichilo não foi dado como morto, mas como desaparecido.

Outro secretário de defesa social, tantos anos depois, não teve, aparentemente, sabe-se lá por quais motivos, vontade de reabrir o processo e, mais uma vez, parecia que aqueles corpos ficariam no limbo da não existência, estando o corpo de Heitor Nichilo entre eles ou não.

Mas era 2012 e o nome de Heitor Nichilo voltou à tona, com o *Facebook* e o *Twitter* explodindo em mil e uma teses sobre a noite em que se deu *O Caso do Hotel Jefferson.*

Compilo as mais populares abaixo:

a) Heitor Nichilo se matou mesmo e é isso aí. A arroba Vulvianne tuitou dizendo *agora é muita irresponsabilidade ficar espetacularizando essa história mano na real essa galera tá incentivando suicídio*

b) Heitor Nichilo viveu um momento ultraepifânico e sacou à merda toda que é este mundo de espetáculo e entretenimento, tocou fogo na igreja, saiu dela correndo enquanto Óbito Súbito descia a ladeira furiosa, largou a mochila pra trás, a fim de simular o suicídio pruma testemunha adolescente, logo, passando por uma fase difícil da vida e ainda sem ter o lobo frontal plenamente desenvolvido, fugiu da responsabilização pela morte de Celia Rodriguez, na qual ele acreditava naquele momento, mudou de identidade e hoje vive sem celular nem internet plantando milho na fazenda de alguém nalgum rincão do Brasil. A arroba compro tapaué com cheiro de tempero tuitou dizendo *o cara viveu tudo vei tudo sacou radicalmente a ideia de Debord e sacou que tudo é espetáculo tudo festival rock guerra twitter eleição série da netflix esse tuíte aqui tudo é falso daí se picou no mundo pique andarilho errado não tá*

c) Heitor Nichilo agiu como na tese *b*, mas em vez de ir plantar milho nalgum rincão do país, com uma identidade falsa conseguida por amigos do *showbiz*, voltou para São Paulo e se escondeu no Matão da Universidade de São Paulo (USP). Várias e vários estudantes juram de pé junto tê-lo visto em chopadas e houve até um que disse tê-lo visto competindo no salto com vara do Bife da USP de 2015, em Itajubá (MG). A reitoria não quis se pronunciar, mas aproveitou o espaço na mídia para, preocupada com a saúde dos estudantes, sugerir que maneirassem no yakultão. Heitor Nichilo ainda mantém contato com Teresa, com quem, eventualmente, transa, no carro dela, aproveitando a dose extra de adrenalina gerada pelo medo de serem vistos e/ou de serem pegos, dois idosos atualmente, transando no estacionamento da Geologia. Por isso Teresa não fala com a imprensa: para não dar bandeira. A arroba Peppagaiadas tuitou dizendo *machos brancos sempre se protegem pra perpetuação dos próprios privilégios e por causa do pacto da branquitude minas brancas entram de tontas no rolê*

d) Heitor Nichilo usou todo o papo de epifânia antiespetáculo como cortina de fumaça para ocultar seus crimes de traficante das celebridades. Hoje, sob outro nome e outra face, completamente modificada por cirurgias plásticas, ele comanda o entretenimento nacional ligado ao globalismo de Hollywood e adjacências, protegido pela Nova Ordem Mundial, afinal, eles precisam de gênios do Mal para controlar as massas. A arroba Marscos2007 tuitou dizendo *o maior sinal disso é a proliferação de teorias da conspiração existem pra todos os gostos e pra explicar tudo no mundo e desmascarar poderosos por quê porque todo esse papo reptilianos nova ordem mundial e o escambau é tudo falso cortina de fumaça para esconder a grande verdade que é não existe conspiração nenhuma eles nos fodem de luz acesa na nossa cara e a gente não diz nada*

Tais teses saíram do *Facebook* e do *Twitter* e tomaram as páginas dos jornais por meio de colunistas que advogavam por uma ou por outra tese, porém, utilizando-se de palavras mais socialmente prestigiadas; a foto pixelizada de Heitor Nichilo, tomada das imagens da câmera de segurança do hotel, voltou ao noticiário e, por motivos que nós sabemos bem quais, reabriu-se o caso.

Desde então, os responsáveis pelo encobrimento da vala comum do Monte dos Guararapes, como ficou conhecida, são investigados. Alguns já morreram, outros tornaram-se réus, outros, ainda, morreram depois de tornarem-se réus. Até hoje, nos meses finais de 2022, ninguém foi responsabilizado.

Nenhum militar foi para o banco dos réus.

As centenas e centenas de ossos foram examinadas e periciadas e, segundo a polícia, nenhum daqueles ossinhos havia pertencido a Heitor Nichilo.

Evidentemente, ninguém acreditou nisso.

O ser humano atual sofre de incredulidade ingênua: sempre com um pé atrás e a cabeça à frente, encontra interesses subterrâneos e conspirativos em tudo aquilo com o que não concorda, mas acredita piamente na verdade revelada pelo senso comum quando este perde a vergonha de afirmar.

Além disso, é importante falar sobre o perfil de Heitor Nichilo traçado pela revista *Veja* no dia onze de novembro de dois mil e dezenove, no mesmo dia em que o Congresso Nacional aprovava uma medida de corte radical de verbas da previdência, num total de oitocentos bilhões de reais, o que resultou, resulta e resultará em milhões de pessoas idosas miseráveis, doentes e cheias de dívidas que não podem pagar, logo redundando em mortes precoces e muito sofrimento, ou seja, o Estado decidiu se livrar de idosos matando-os de fome e/ou por agravamento de suas enfermidades.

O perfil de Heitor Nichilo traçado pela revista reverberou, inclusive, em Brasília, e, nele, apresentava-se ao público um homem muito diferente do traçado pela polícia em dois mil e dois. Na verdade, a matéria trazia um grande relato de um professor da *Unicamp*, Adelmar Bilhar, que afirmava ser Heitor Nichilo um narcisista aficionado na ideia da juventude perpétua com traços evidentes de psicopatia, como a sua completa indiferença quanto ao sofrimento da própria esposa. Na última página havia uma foto de Heitor Nichilo, criancinha de colo, no colo de sua irmã Irene, sobre a legenda *O homem nasce bom e a sociedade o corrompe?*

Outra repercussão que não posso deixar de citar é da matéria do *Fantástico* de vinte de dezembro de dois mil e dezenove, no mesmo dia em que a *Netflix* anunciou a série documental *O Caso do Hotel Jefferson* e o governo federal extinguiu quase vinte e oito mil cargos efetivos ligados à área da saúde, numa canetada só, condenando mais alguns milhares à morte por falta de atendimento médico. Desta vez, atento para não cometer etarismos, o Estado também incluiu pessoas jovens em seu programa de morte lenta e gradual.

A matéria de três minutos e meio trazia um panorama do *Caso do Hotel Jefferson* com um minuto de entrevista de Roberto Samango e meio minuto de simulação da festa no Chanteclair, na qual as pessoas bebendo vodca ou cerveja pareciam, na verdade, beber ácido. Além disso, vale destacar o comentário feito pelo apresentador Tiago Leifert, que disse: ele tinha aquele cabelo do tipo meu cabeleireiro é um trolador, né? Hoje em dia está na moda!

Talvez eu tenha me esquecido dalguma outra repercussão importante sobre *O Caso do Hotel Jefferson*, mas, que posso fazer?, se o que esqueci eu não me lembro?

Mas também, se eu fosse aqui relatar toda a repercussão, seja em veículos de mídia, seja nas redes sociais, e tentar abarcar todo o contexto econômico, político e sociocultural em que se desenrolaram os fatos da noite do dia 29 de janeiro de 2002, jamais acabaria de escrever este livro e já estou debruçado sobre ele por horas demais para pensar noutra coisa que não seja o seu fim.

A minha conclusão é: embora a gente conheça algumas verdades sobre Heitor Nichilo, A verdade sobre ele é como diz o outro, quem souber morre!

Talvez ele esteja agora nadando sobre estrias luminosas que as sombras produzidas pelo Sol, incidindo sobre as ondulações da água, projetam no fundo duma piscina; talvez ele viva sob um codinome na beira de uma das tantas estradas que há por este país-continente, trocando pneus e fazendo pequenos reparos nos carros avariados no meio de uma viagem; talvez ele viva feliz ao lado de uma mulher que não faz a menor ideia de quem seja o homem que se deita em sua cama todas as noites e, por isso, pode também ser feliz ao lado dele; talvez ele esteja, agora, pegando um ônibus no Cais de Santa Rita com destino a alguma praia do Litoral Sul, onde tem uma casinha de quarto, sala, banheiro e cozinha; talvez Heitor Nichilo tenha mesmo se suicidado e tudo o que eu tenha a dizer para mim mesmo hoje seja: chega, acabou, morreu Maria Preá!

Por fim, resta apenas desejar que as verdades ditas sobre esse crime de mentira não nos distraiam das mentiras ditas sobre os crimes de verdade.

Agradeço a Alexandra, pela leitura do original, pela sagacidade dos comentários e pela companhia e carinho durante todo o processo de edição em livro desta história; a Ana Paula, Camila, Daniel, Lailah, Matheus e Paula, pela leitura do primeiro manuscrito, pelos apontamentos e críticas certeiros: a perspectiva de cada um/a de vocês foi importante à sua maneira; a Claudecir Rocha pelo entusiasmo com o qual recebeu essa história; à Kotter pela aposta na força destas letras. Obrigracias!

Papel *pólen bold* 90g/m^2
Fontes *Garamond* 12 e *Cosmos-Medium* 18
Impresso na *primavera/2023*